U0044266

沈　默 著

吳傳道繪

超能水滸

武松傳

目次

獻語

媧與禪

這是我以未知的書寫
獻給妳們的
充滿可能性的世界

默

武松傳

第1話

武松站在湖邊——將寶藏嚴密實環繞著的寶藏湖岸邊。她的雙眼凝視霧氣籠罩下的湖面。武松的心中，正深深思慕著她的師傅，沉眠在湖中深處的林冲——前一任的林冲，老林冲，活了五十年的同一者，與永無同在的第二代林冲。

記憶的畫面，在武松腦中靜謐地流轉。她眼睜睜看著林冲的屍體，被楊雄的天牢鎖封印於看不見的箱子裡，得以不朽不壞。彼時，武松無比的感傷。那是她的師傅啊，也是她的救命恩人。沒有林冲，就沒有現在的武松。是了，她的一切都得歸功於上一代林冲。

武松默然憶起死亡的發生與消逝，而巨大的陰翳撲擊過來。她甚至有點難以呼吸。

隊長死了。她的隊長死了。

而武松繼承林冲的位置，成為星火小隊的隊長。

當林冲病重得再也無法執行任務時，她就把責任託付給武松。那會兒，她是這麼對武松說的：「星火可以說是同一者各小隊中最危險的小隊之一。辛苦妳了，孩子，必須接下這個重擔。但我希望妳記得，身為隊長，並不只有衝在前頭、扛起危險而已。妳必須盡可能理解隊員，瞭解她們更多更深，且妥善地引導、運用她們的絕鋒能力。這是作為隊長的真正使命，指揮並且團結一體。另外，」師傅的眼中，閃著無與倫比的深情，「千萬不要因為妳的手臂就覺得跟世界格格不入，要牢牢記得，好嗎？」

同一者，作為寶藏巖裡擁有賜力與絕鋒的人，總是被寄予保護寶藏巖的厚望，而武松也變成其中的一員了。從超臺北到寶藏巖，至今已滿五年了，但武松確實還是有一種自己好像不屬於寶藏巖的異樣感覺。武松自己很清楚，原因並非寶藏人或同一者排拒她，而是武松根本上就是不一樣的——在一個幾乎沒有科技與機械的地方，她那兩條鋼鐵製成的手臂啊，就已經預定了在這個寶藏世界裡，武松是突兀的怪物。

是了，我是怪物，我是一個田園世界的異種。

武松被標記，被超臺北政府的機異化科技，永遠地烙印在身上。而那彷彿一個恥辱。她永遠都擺脫不了自己曾經身為一名超臺北人的圖騰。那像是注定的、無從改變的，而武松並不願意接受那種邪惡的宿命。她想要抗拒舊有的罪孽一切，想要終結那座瘋狂血腥的城市遺留在身上的恐怖證據。武松多麼努力地想要變成寶藏人，以同一者的能力與身分。

武松反覆地對自己說：我的命運在寶藏巖，在我是一名同一者的事實裡。

唯兩條手臂的無可逆轉，幾乎宣告了她必然是失敗的。機械手臂始終猶如具象化的嘲諷，時時刻刻提醒著她來自何處、受過怎麼樣的對待，而侮辱與傷害將跟著她一輩子，不散不離。

武松的腦中總不由自主地浮現著那個人的訕笑——他彷若活在武松的身心裡，附骨之蛆一般，無從割棄。那是她的陰影，縱然在風和日麗裡，一旦想起那個人，武松依舊戰慄難忍，且滿腔怒氣。

逝去的前代林冲，能夠緩和武松難以言說的痛苦。她總是有耐心跟悶葫蘆也如的武松談天說地。即便是生命的末期，老林冲還是扮演著開導者的角色。武松很常去探視林冲，但大多數時候，她就只是靜默地待在一邊，陪伴林冲，講不出什麼話來。人之將死，武松並不認為安慰的話語是有用的。反倒是林冲老是會東拉西扯地跟她講上好些話——關於林冲自己的過去，還有寶藏巖和住居者的故事，而同一者們又是如何在永無的引導下，一個個抵達了寶藏巖。

武松確切地感受到，死亡正在一點一滴蝕穿老林冲。賜力無法讓同一者免於傷病死亡。永無跟萬劫不一樣。萬劫教可以藉由機異科技有效地延長人的生命，甚至宣稱可以讓人永遠不死，只要有權勢地位的超臺北人，就能夠抵抗死亡的佔領。

但寶藏巖人都相信死亡不是什麼都沒有了，死亡並非掠奪，也不是讓生命變得毫無意義。死亡是下一篇章的開始，死亡是新生的起點。死亡是必須的。因為如此，才有一代又一代的生命傳承。在永無的信仰裡，生並不比死更為重要。

正因為老林冲死了，方有新的林冲誕生。

前代林冲總是露出最溫柔的笑意，對武松這麼開導說著：「生命的盡頭是最美麗的休憩啊，讓我可以回歸到永無的懷裡，與永無共行，並成為下一位同一者的力量泉源。」

但武松也明白，那個接替師傅要成為同一者的女孩，還沒有真的變成林冲，她還有好長一段路要走。畢竟，僅只是十五歲的少女，要成為第三代林冲，要接受同一者的所有傳承，無論是意志或力量，都不是那麼容易就能達到的。

而那是同一者的命運，那就是永無信仰！

武松再清楚不過了，老林冲並不是真正意義上的死去。她還留在這裡，留在新林冲的裡面。只是武松終究還是被悲傷洞穿了。武松的心底、腦裡，始終縈繞著前代林冲對自己的種種之好。

如果可以，武松真願意動用所有的東西，交換讓她繼續活存。只可惜，上一任林冲是絕不會答應的。武松比誰都清楚老林冲的意志與信念。唯對武松來說，失去至親之人的傷痛，就跟過去的陰影一樣，是不可能輕易消散的。

如同這會兒的林冲是第三代林冲——每一個同一者都有同樣的姓名，上一代傳承給下一代，每一代都擁有同一個名字，有一樣的賜力與絕鋒，在施展能力時，臉上會浮現相同的圖紋。以林冲來說，就是又像豹頭又像字的異紋圖樣。

賜力，是永無賜與的珍貴能量，強大而神祕。絕鋒則是同一者代代相傳的神奇武器。亦即，每一代的林冲都能使用天雄矛，都能透過天雄矛，發出衝擊的能量，運用得極為純熟時，無堅不摧，甚至足以讓敵人四分五裂。

武松呢，是第二代武松。在她之前，僅有一位武松。

而當她接下天傷棒，也就繼承了同一者的賜力。她第一次鋒擁——從自身體內呼喊絕鋒，叫醒她的天傷棒，與之締結，聽見絕鋒回應己身的細語後，武松就知曉她不再是那個超臺北城裡總是被凌辱且無處依歸的女孩。

我的力量定義了我自己。

這不是男人的力量，不是金屬機械，不是電力，而是一股難以言喻的神祕之力。

擁抱賜力，也就拯救了武松的卑微與怯懦。

武松當然一開始並非武松。她原來是武曲星魔的女兒。一個經常被漠視，甚至遭受殘酷對待的，並不需要的女兒。從小，她就意識到體內潛藏的怒氣。但無處可去。一切都是不公平的。超臺北的生活充滿各種壓抑與限制。所有的狂放與豪奢都給了上等人男性，那些吞食大量資源、滿心恐怖滿身暴力的高階男人們。他們的嘴臉何其可厭。

而女孩們活得像是畜生，不，更應該說是，活得像是鬼魂！

我們是擁有肉身與無盡勞動的鬼魂們。不被正眼看待、沒有生存權的孤魂野鬼。

武松本來叫武星女一一九，不是一個名字，就只是一組數字編號。

超臺北以編碼系統命名所有人，除了那些統御者，七劫騎、十四星魔、十二凶獸，其他全數沒有例外，都是一個圈域名加上一個號碼。但她在超臺北並不被叫做武曲一〇〇〇、二〇三五之類的，她的編碼是武星女一一九——

在統御者與一般人編碼以外，還有一種獨特的標識符號，專用於統御者們的親生子女。武星女一一九，即是指武曲星魔所生的孩子，第一百一十九個，性別為女孩。如果是男孩，就會是武星子〇七九之類的。其他圈域也相彷，譬如狼星子〇七九，就是貪狼星魔的第七十九個小孩，性別是男生。十二凶獸的親子部分，則會是魁子〇七九，即指天魁凶的第七十九個孩子，男孩。至於七劫騎，不會有任何子嗣，他們是直接祀奉、最為貼近萬劫的最高人等，斷不允許有人世間的親屬血緣關係。

武星女的命名，乍聽之下是獨特的，尤其相比其他人叫武曲一二三四、武曲二三四五之流的，好像高上了一階。但實際上，武星女一一九有記憶以來呢，她在家族裡就沒有獲得特殊待遇，不是被忽略就是被欺壓。身為女性，即便是星魔所生，仍舊意味著是生育工具。對照一般女性來看，星魔之女至少是衣食無缺，這並不是說她就享有多好的物質，只是因為置身於星魔家庭，所以分得了些許殘羹，但仍舊遠比超臺北一般市井小民好上太多了。

不過，對武星女一一九來說，那是一個無比冰冷殘酷的居住空間。那絕對不是家，就只是個吃飯睡覺生活的共同住所。她的兄弟們隨便都能對她下手，拳打腳踢是家常便飯。她很早就意識到了，星魔之女不過是有好出身的商品，而且還得看妳的臉貌身材，如果長得漂亮，會被視為與其他星魔聯姻，乃至贈給優異表現下屬的贈禮，所以得白白嫩嫩地養著。

但武星女一一九相貌並不出眾，嘴闊臉方眉粗，生來就是男子相，很自然的就不會有什麼好優待，總是被擺在最底層，甚至得做跟在星魔大宅中幫傭的女孩們相同的各種勞動事務，地位一樣低下。

眼前發生的一切，都是不對的，但武星女一一九卻毫無能力拒絕，只能被迫接受。在她成為武松，在她不是她自己，在她沒有自身的命運，在她還沒有獨屬的能力以前，她只能咬牙切齒地忍受，畢竟，稍微反抗就會迎來更悲慘的後果。

第3話

武星女一一九的機械手臂是硬被裝上去的，那是一個遊戲，一個笑話。起因於武星子〇八七。她的血緣兄長。武星女一一九的機異化，在他的諸多惡戲中堪稱傑作，武星子〇八七如此認定。

從小，長得眉清目秀的他，就備受武曲星魔的寵愛，完全放任他胡作非為，在星魔之子中地位超然，堪稱是備受期望的未來之星，就連已然在武曲星魔軍掌了實權的武星子〇一一、〇三四、〇六八等，也對他多所忍讓。誰都看得出來，偉父對武星子〇八七的各種荒唐手段，可是覺得賞心悅目呢。星魔們的壽命極長，從來沒有人會認真討論究竟誰能夠接下星魔的位置。

為什麼呢？這當然是由於所有的永生科技都優先用在他們身上了。不過，如果武曲星魔遭逢到什麼巨大、無能修復的意外，那麼毫無疑問的，武星子〇八七會是武曲星魔遺命中下一任最可能人選之一。

星魔家庭裡，大部分子女都是武星子〇八七的玩物，武星女一一九當然不可能例外。約莫十二歲的時候，她在忙完庶務後，正要回幾個姊妹一起住的大房裡，精疲力竭神思恍惚之際，偏不巧一頭撞上了她的惡魔兄長。武星子〇八七當時愁著沒有樂子呢，居然有人不長眼，直接犯在自己手上，他立即朝她臉上揮了一巴掌，那真是天旋地轉啊！

本就因為長時間勞務而體力不濟的武星女一一九，不由自主地碰上三樓的欄杆處，腳站不穩，人慘摔出去——在半空中，她還沒有意識到究竟發生什麼事，下一刻劇痛就來襲了，落下時她是右半身著地，而右手臂率先砸在地面，她聽到啪裂的聲響，當下就骨折。兇惡的刺痛感蔓延整條右手，武星女一一九忍不住慘嚎爆哭，在地上抽動。

施施然走下三樓的武星子〇八七，一腳踹翻了武星女一一九。她還記著他這樣吼著：「鬼叫什麼啊！」然後，一大塊無與倫比的黑暗，徹底地蓋住意識。什麼都沒了，黑了。

醒來以後，她赫然發現自己躺在一張冰冷的鐵床上，置身於一全白的巨大工廠裡，四周充滿各種奇怪的、無可辨識的器械，而且氣溫非常低，她幾乎覺得自己已經凍僵了。這是哪裡？她又怎麼會來到這裡？武星女一一九全無印象。對了，她的最後一個記憶是她從三樓摔下，右手遭受到巨大難忍的折裂痛楚，再來就是空無一片了。

武星女一一九這才想起，頭轉向右方，視線看著右手——駭異的表情，迅疾地充滿在她的臉上。她赫然發現，自己的手不是自己的手了。應該說，原來是血肉的手臂整個消失不見了，變成機械了。

我的手呢？我的手怎麼會變成這樣了？

她猛然張嘴要大叫，卻發現口舌完全不能動彈，她的嘴裡塞著東西，好像是一塊布橫著綁在腦後，唾液都已經浸濕了布。她想坐起來也不可得，因為頭部、身體和手腳都被東西鎖死了，就只能躺著，什麼事都不能做，也無法確認自己的狀況，只有視線可以到處亂瞟，而且能見的範圍有限。沒多久，疼痛感開始浮現，也覺得渾身癢，但又絲毫無法動彈，遭遇著酷刑。

過一會兒，武星女一一九又發現到兩件讓她心神要潰散的事。首先是目光移到左邊時，她瞥見自己的左手也沒有了，被一長條機械取代，跟右手如出一轍。其次，她屢次試著掙扎，頭部、身體和雙腳都有回應，就是兩隻手毫無反饋，像是不屬於自己。該不會手沒了，以後只能拖著那兩個長得像手臂的機械過一生吧？驚駭感一波又一波地襲擊，武星女一一九神慌智亂，惶惶不可終。

第4話

跌進往日回憶，總是教武松慨然魂傷。過去並不會真的過去，它依舊深深地埋在身體裡面，等待著，也許有朝一日會以不可思議的姿勢，重新回返。過去是陰魂。過去是每個人生命中最恐怖的事實。

她的腦中始終記得那張得意洋洋的臉，那個該死卻從來沒有人能夠拿他如何的星之驕子，他對她笑著說：「妹妹，妳要好好感謝我。像妳們這種賤人，一輩子都不能接近真正的鋼鐵科技，而我呢，我啊，我可是把萬劫祝福過的機械放進妳的身體，這可不是粗製濫造的哦，這是偉父的手下精緻的優良鋼臂，普通人沒有這種待遇哩，就連能夠獲得機異化獎賞的中、上品軍官，也得不到如此高等級的技術成品。」

為什麼同樣是人？他卻可以泯滅心性至此呢？不，不對，實際上，那是超臺北的常態。而且在當時，武星女一一九心知肚明就連她也是這樣的，迷信暴力勝於一切。只要有力量做什麼都可以。她只恨兩件事，她不是男性，還有她的力量不夠強大。如果她擁有更威猛的身體，能夠施展出絕對暴力，武星女一一九絕對會讓所有凌虐過她的人付出慘痛的代價。

要來到寶藏巖以後，她才以非常緩慢的速度醒悟過來：妄想以暴力整理自己的人生，是行不通的，只會讓自己陷入虛妄與空洞。而超臺北無非是一座極其虛妄的城市。在萬劫教鼓吹男性獨尊與暴力至上價值的狀態下，所有人都被迫活在煉獄裡，無論是否自願，沒有人可以脫逃。她現在想起來還覺得心裡寒顫不已，那是多麼瘋狂的世界，沒有情感，也無須理性，一切都在狂飆。

一個在人性暗面狂飆不止的世界。

超臺北分有十四星圈，星圈的另一種說法為圈域。而每一星圈都有自己的獨享產業，這是萬劫的旨意。武星女一一九所在的武曲圈，以北安路、明水路、通北街一帶為腹地，專門製造各種武器，刀鎗兵械彈藥無所不製，各種兵工廠林立。

在十四星魔軍裡，武曲星魔軍的戰力可是數一數二的，與太陽、破軍、貪狼、七殺等星魔軍一樣不相上下，為五大星魔軍之一，實力遠遠超過其他九支小星魔軍。這幾個星圈的星魔也被尊為上星魔，跟其他九個下星魔，自然有強弱之分。

武曲星魔身為上星魔之一，擁有至高的權力，放眼整個超臺北城，僅對聖赦部的七劫騎有所忌憚，至於其他人等，武曲星魔可就從未沒有擱在心上了。而如此習性無庸置疑地讓武星子〇八七繼承了，他跟他的父親所作所為都是一樣的，他冷酷無情地濫用暴力，對星魔以外的所有人頤指氣使，就連十二凶獸，他也敢指著終截局頭子的鼻子痛罵，絲毫不會客氣收斂。而那些一方之霸的凶獸們，面對萬千寵愛的星魔之子，亦是萬般無可奈何啊。

後來，武星女一一九費去好幾年的時間，緩慢地學會了如何操作自己的機器手臂。從一個廢人開始，慢慢找回了雙手的控制權，不再只是能用嘴、雙腳、身體去移動東西。

這之間當然沒有人協助或照顧。她能夠依靠的只有她自己。武星女一一九在巨大屋宅裡就像是一縷煙、一片霧一樣的，再沒有人願意接近她。同寢的姊妹們對她十分顧忌。因為她的身上竟然有機械鋼鐵哪。但同時她又是一個女孩。萬劫教深信，女人不能夠碰觸鋼鐵，否則會遭來恐怖的報應。每個人都離她遠遠的，保持安全距離。

但奇怪的是，她因而得到了一定程度的自由。她成為星魔之家裡，一個在暗夜遊蕩的幽魂。沒有人管控她。是的，她成為一個他人眼中的怪物，所以沒有人膽敢招惹她。

而始作俑者興頭一過，就更是將她忘得一乾二淨。她不過是他眾多惡戲之一。他怎麼會把一個毫無重要性的妹妹放在心上呢！唯她對武星子〇八七的怒氣，隨著日子持續增累，始終抱持著激烈的憎恨。

我絕對饒不了這個傢伙！

武星女一一九從十二歲開始就進入了另一個陌異的世界，不只是身體的劇烈變化，還包括了整個環境對她的徹底忽略。武星女一一九花去整整十年的時間讓自己熟悉對機器手臂的操控，在沒有人教導的情況下，從零到有，不但能夠隨心所欲地運用在日常生活中，甚至她還暗自學了一些攻擊的手法。她一直想要對兄長報復。或者說，制裁。

他應該要付出代價，對我的折磨，怎麼能夠什麼代價都沒有支付呢！

她的金屬手臂元存有高階機變的功能，也就是說機體裡設定了高級殺人武器的變異。這兩條機械手啊，不止是質地精純啊，更是武曲星圈的科技精髓之所在。不過呢，武星子〇八七在移植的時候，早把裡面的機變功能去除了。

許久以後，武星女一一九這才搞懂了啊，究竟那個冷血兄長的作為究竟是要做什麼？簡單來說，他就是一時興起想要玩個把戲，弄出一個活生生的嘲諷——不是都說女子碰了鋼鐵科技，就會讓周邊人觸霉頭嗎？他就想看看是不是真的？如果是，究竟誰有那種本事讓他乃至於偉父武曲星魔受損呢？武星子〇八七的傲氣，顯然是不把萬劫教的信條放在眼底。但這事兒呢，僅止步於星魔之宅，誰又有哪個膽氣去胡言亂語呢，誰敢！

武星子〇八七天性搗蛋是一回事，他可不是蠢貨，可沒有打算養一頭會咬人的虎哩。所以，他拔掉了武星女一一九的牙。只要禁絕了高階機變，無論武星女一一九究竟敢不敢惡向膽邊生，都無有可能造成任何傷害。

唯武星女一一九在長期的摸索下，亦弄清楚了機械手臂的特殊性。機異化不只是生理永保健康，更可以在殺人手法上有所變新。只要她能夠找到門路，或許就能設定重啟機變的功能。

在星魔大宅裡儼如透明人的她，漸次地找到了偷雞摸狗的路線。她設法探查清楚整個大宅的布局，每一個角落她都瞭若指掌，當然除去那些設定了重重關卡的最高機密研究室。這裡原來是一個巨大園區，有著許多房樓，全數都被武曲星魔收為私宅。同時呢，亦為武器製造技術的核心地帶。最優秀的武器研發人才無不在星魔麾下，最精良最優秀的武器，大多出自於星魔大宅邸。二、三流的武器技術，才會外放給其他街道的武器工坊製造。

而她就像一個活動的詛咒，在灰濛的白晝、漆黑的夜間行走。武星女一一九知悉如何讓自己隱身為背景。大宅裡的人都曉得有一名機器手臂女孩，誰也不願意近身，如果招惹到萬劫的降罪，豈不冤枉至極。

武星女一一九就像是一名隱形怪物，活在陰暗之中。

唯她也有了更多個人的時間。是的，她從俗務裡解脫。沒有人想要跟她一起工作，沒有人想要跟她有任何的接觸，更遑論關係了。她是一個徹徹底底的孤獨者。她去廚房拿取食物時，也不會有人會阻止。因為她背負著萬劫教最不可牴觸的禁忌。

除去生活裡一般生產機械如縫紉機與鐵鍋類的日常用具外，女子早已習慣與其他鋼鐵設備保持距離，尤其是機體科技，更是大不敬。武星子〇八七的作為是甘冒大不韙啊，而承受的武星女一一九，則是被迫活在孤絕的煉獄裡。

她花去了多年的時間，讓自己在無可依靠的環境下，生存下來。並且明白到，這一切她都沒有錯。並不是自己主動想要去接近鋼鐵機械。她是被強迫的啊。甚至隱約的，她也發覺了，超臺北人腦中的萬劫天條，根本不是真的！

她一路就這樣活著成長著，沒有大家說的那樣會遭遇到多麼恐怖的遭遇。但無可否認的，早期她真是害怕極了，唯恐萬劫的懲罰隨時都要擊下，將她打得四分五裂、七零八落。

那樣時刻驚懼難忍得無以復加的童年歲月，的的確確也讓武星女一一九的心智大有損害。所幸哪，她被星火小隊帶走了，所幸老林冲成為她的師傅，所幸啊，她來到了寶藏巖，成為同一者。

第6話

「隊長，武隊長……」有人在輕喚著。

回過神的武松轉頭瞧去，是單廷珪，星火小隊的成員，白髮紅膚，天生一美人胚子，形貌秀麗極了，眼神清澈，嘴角總是噙笑，與人相當舒適的意味，並不因絕美的外表就心高氣傲、遙不可及。

看來她似乎叫了好一陣子，臉上都是為難的表情。

武松望著單廷珪，一語不發，只以眼睛示意。

面對武松一對赤瞳的注目，單廷珪那真是一個屏氣凝神，全心以對。武松接任星火小隊隊長也一年多了，眼見她與超臺北對戰時的霹靂手段，至今可是連身為隊友的單廷珪，都還是會為之震異不已。

那真是亂世戰神一般的姿態啊！

單廷珪開門見山：「絕遇小隊想請武隊長過去一趟。」

武松岩石一般的臉，微微綻出了一點興味。

單廷珪柔聲說：「應該是任務吧。」

武松點點頭，星火小隊已經有好幾個月不曾離開寶藏巖，是該動起來了。

單廷珪那雙媚麗的眼神，閃亮晶瑩。她等待武松的下一步指令，仰頭默默凝目心上人——武松齊耳短髮俐落率性，一雙紅眼瞳更為神祕非凡。單廷珪自己也是高挑身材，有一百六十六公分，但跟身高一百七十五公分的武松相比，還是差距不小。而且隊長的身形，真是把渾身肌肉都練到洗鍊精實的程度，絕無一分贅肉，她就隨隨便便站在那兒而已，卻有一種舉世無敵的氣概。

她想起了隊長的一件舊事，武松到達寶藏巖後就再也不留長髮了。她剪成短髮，大概就是三公分的長度。隊長說，喜歡清爽俐落的自己。但單廷珪倒是覺得隊長髮飄飄的樣子，一點也無礙於她的英氣，反而能襯托出她的瀟灑氣度。只不過，超臺北裡所有女孩必須是長髮、沒有任何選擇權的限制，自然會使人想要反其道而行，寶藏巖女子剪短髮何其之多啊，還有直接剃光頭髮的呢，像劉唐就是。

話說回來了，比起前任星火隊長老林冲的平易近人，武松當然是嚴苛得有時會教人膽寒。可是她的戰力，那種深入敵境卻能夠豪氣沖天的氣勢，委實是在凶險時刻最能夠信賴的本錢。

星火小隊屢次闖進超臺北進行艱難的援救任務之際，好幾度都是靠著武松的拚命狠勁，才得以全身而退。這可是不爭的事實。武隊長的英姿，不只飛揚在單廷珪的眼心之中，就連午夜夢迴也都是要夢見的哪。

單廷珪是真真切切地崇拜著武松。同一者中，武松的天傷棒，在戰力方面無疑是名列前茅，甚至她私心裡覺得武松排得上第一位。武松堪稱是老隊長林冲的得意門生，自從被帶回寶藏巖，學習賜力、罡煞九式以來，真是一日千里，不止是鋒擁與賜力的精熟，單單是肉體技能上就很出類拔萃。對戰之際，武松的罡煞九式使用，又精準又靈巧，再加上她的絕鋒特質，簡直難以匹敵。

雖然武松總冷著臉，行事偶爾殘暴，但終究還是無損她在單廷珪眼中的英雄境界。她可是被武松救了好幾次呢，就連武松剪得極短的髮型，在單廷珪看來，都是驚人絕倫的帥勁。單廷珪站在原地，盡可能不惹起武松注意的望著隊長。

而武松自個兒沉溺在思緒裡，跟沉睡在永無中的林冲再一次道別。對她來說，告別一次是不夠的，老林冲的離開，是頭一等大事。武松至今還要一次又一次的練習跟她說再見。

林冲留給她的記憶，依舊被好好的珍藏著。她從未遺忘過老林冲的教導。上一任林冲不只是她的師傅，同時也是她的母親與父親。

她從來沒有見過上代武松——也就是第一任武松。她抵達寶藏巖時，初代武松已經辭世了。關於永無、同一者乃至於寶藏巖的生活方式，一切的一切都是林冲告訴她的，帶領她一步步茁壯成長，直到而今她足可獨當一面。沒有林冲的陪伴與訓練，武松就只會是那個一無所知的武星女一一九，一心一意要與武星子〇八七同歸於盡的傻女孩。

「生命是寶貴的。」老林冲說著，「如果妳自己都不珍愛了，又有誰會在乎呢？」

一次又一次，是的，一次又一次，老林冲總是不厭其煩地拉著被怒氣與憎恨吞食的她，不讓武松被過去的陰暗毀滅。她一再地告誡武松，復仇這件事真正傷害的，其實是她自己啊！

林冲這麼說著：「我不是要妳原諒傷害妳的人。他們錯了，他們確實是再卑劣混蛋不過了。但妳不能被他們帶走。他們活在罪惡之中，但妳不需要如此。妳得把自己活得像是一個人，而不是一頭被暗黑往事覆蓋侵蝕的怪物。」

武松的腦中，響起林冲一而再再而三的真心勸告。但林冲從未急著扭轉武松的想法，她就只是充滿耐性地告訴武松，再也沒有什麼事比把自己的人生活得好好的更重要的了。老林冲完全理解她的痛苦，包容她的暴衝心性，始終沒有放棄武松。

師傅，武松在心裡告白著，我會把妳教給我的一切永遠記住，我也會好好地照顧妳的繼承者。我對妳，還有永無立誓，妳的意志會完完整整的被傳遞下來，永不遺失。

武松轉過身，背對湖岸，「一起過去聽聽她們怎麼說吧。」武松說。

第7話

穆弘擔任說明的角色，一臉不情願的她，卻也只能無可奈何地面對武松、單廷珪。

武松每回見到穆弘，總是覺得興味十足——這人呢，至今仍舊不願意接受身為同一者的事實，大多數時間都跑去跟羅真人帶領的藝學組廝混，認真於畫藝的學習、發展，反而對賜力的使用，幾乎是不上心。不過，絕遇小隊的隊長吳用偏偏就最愛讓講話方式很特異的穆弘去傳話。而整個寶藏巖裡，穆弘無法違抗的就是吳用，或者說，有誰能抗拒吳用的勸說或派命呢？

就武松所知，除了施老師以外，在某種程度上，吳用根本是同一者的指揮者，雖然說，有一大部分得歸因於唯獨吳用與施老師的緊密連結，施老師的所需所求，都必然透過吳用轉達。

明明剪了一頭短髮、但偏偏前頭就要蓄長的穆弘，撥了撥瀏海，臉上還帶著墨彩，看來剛剛也在認真作畫呢。她低垂著視線，也不望著武松、單廷珪，自顧自地說著：「吳用要我說，嗯，她要我說，說說，就是說呢，就就就，妳們要出發去，去去去，貪狼星圈，接接，接一個人。」她說得之臉紅耳赤，喘了一口氣，又再大費勁續著講：「妳們們們要找的。那個啊，人人人，會在後天中午的，十二點，出出出，出現在廣州街、南寧路的，的的的，交接處。」

穆弘講話也是一絕，只要跟人講話呢，就會有語詞無意義重複的怪習性。日子久了，大夥也見怪不怪了，也沒人會取笑她。畢竟，每個人都有自己的說話方法與行事癖好，也不是什麼新鮮事。

當然了，這是在寶藏巖才得如此自在，如若在超臺北，就大不同了，調侃、嘲諷與羞辱是一個司空見慣，稍微有點與眾不同之處，就會遭受到各種差異對待，漠視、欺壓層出不窮。武松的機械手臂，不就是如此嗎！

單廷珪開口問穆弘，「任務指示就這樣嗎？」

穆弘點頭。

「為什麼星火要去接這個人？」單廷珪追根究底。

穆弘抬頭白了單廷珪一眼，靈動的眼神裡，生起幹嘛要為難我的意味。

單廷珪忍不住笑了，她就愛逗著穆弘玩，她們可是近鄰呢，屋房就在隔壁，相熟得很。再說了，穆弘跟她一樣，都非常崇拜武松。穆弘雖厭惡戰鬥——她認為賜力這般美麗的能力，不該用之於暴力殺戮——可武松作戰時的英姿哪，那是風靡萬千，常人無法擋哩。穆弘的屋房裡，就有好幾十幅畫軸，都是在描摹武松，有全身畫，也有臉部特寫，把武松的帥勁捉捕得栩栩如真。

雙手緊捏在一起的穆弘只得回應：「同一者，有人人人要，回到到到，永無。」

單廷珪的笑靨退去，武松的眼神也一緊，眉頭微蹙——這話可不能亂說哪。但實際上她們都心知肚明，穆弘或者其他任何一人，都不會拿回返永無來開玩笑啊。對寶藏人、同一者而言，生命是何其嚴肅的事哪。

穆弘感覺到現場氣氛的沉滯，可以的話，她也不想來傳達這個沉重的訊息。但屬於絕遇小隊的她，終究避無可避。穆弘的機遇，已經非常好了，她可以躲在寶藏巖裡，不用去面對超臺北的殘酷現實。且當她拒絕把賜力用在決鬥作戰上，無人會責怪，吳用也說她可以自行決定。那麼，至少她得貢獻一些事吧，比如跑跑腿之類，總不能成天就顧著畫畫，雖然那才是她心中認定的天職——她始終相信，自己的使命是如羅真人般的畫藝師，而非同一者。

武松則是喃喃語道：「廣州街、南寧路啊，那就是貪狼圈了。」

單廷珪的神色陰霾滿布，眼裡捲起了烏暗千里。

第8話

貪狼圈是女孩們聞虎色變的地方！

去那兒的超臺北女性，都過著水深火熱、生不如死的日子。被折磨至死的，與自戕輕生的女孩可是不計其數。女性原來就是超臺北的下等人種，是專供於工作勞務、懷孕生產的人體器具。但貪狼女子所面對的環境，更為嚴峻、慘烈。

簡單來說，那是讓女子遭遇各種強暴的絕境——那才是活生生的地獄！

而單廷珪呢，就是從貪狼圈叛出的——那也不過是三年前的事，但已恍如隔世。從十四歲到二十一歲，她就在那個死境一般的圈域活著。而也許她已經算是幸運的了，因為姿色的緣故，以及白髮紅膚的獨特性，還有肉體歡愛時她的膚色會變得更為血紅，且體膚所滲出的汗液，艷紅無倫，而且有著奇怪的芬芳甜味，委實是奇貨。

是以，十八歲時，她便被貪狼星魔軍的中頂軍官獨佔，收為禁臠，也因此，後來的幾年時光，她免去日夜驚惶於哪一日驟然被殘虐至死的局面。但驚懼感卻也不曾真正地消散——隨著年齡的增長，隨時都可能會有更年輕貌美的女孩竄出，取代自己，那麼自己就要被扔棄了。如此恐怖顛倒的想法，老是迴盪在心底，難散難解。

她何嘗不知道，男人把她收為己有，並非情情愛愛，更多的是權力的宣告，顯示出作為中頂軍官、僅在貪狼星魔、上頂人之下的絕對地位。他沒有把她當人看，她依舊只是一個物品，她沒有心存僥倖與幻想。

三年前，就是上一代林冲、武松的星火小隊前往救援，從中頂貪狼星魔軍的宅屋裡，將她劫出，並帶回寶藏巖。那可是一場貨真價實的血戰。當時，星火裡頭除林冲與武松以外，尚有裴宣、淩振，以及上一代的黃信。

藉由造像衣偽裝為超臺北各星圈男性的星火成員們，闖進房裡——老林冲的天雄矛一發威，一擊便將中頂軍官轟暈了。武松則對單廷珪伸出手，而她也不知道怎麼的，也不畏懼，就直覺地把手交給了當時偽裝成一名貪狼男性的武松。

星火小隊帶著她逃離貪狼圈。原先星火並不存有殺機，但貪狼星魔軍一路窮追不捨——貪狼星魔即刻便下達了最高動員令，調了兩百人馬硬是要留下星火一行人。不願大開殺戮的林冲，斷後時受了傷，這就激起了武松的狠性。

武松赤手空拳殺入敵陣，膽大藝高，鋼鐵製的手臂所向披靡，兵武不懼。武松的攻防一體教敵方心驚，尤其是他們的眼中，看到的只是一個平常的男性揮舞著雙臂，為何血肉之軀碰上刀械，卻可以毫髮無傷呢？

妖術！這一定是荒島、怪湖那邊來的人，所施展的鬼能力！

武松的機械手臂，既是最好的堅盾，亦是能夠造成強勁破壞力的武器。

其後，武松還揮舞起一根一百五十公分長的金黃色鐵棒，硬是擋格各方攻勢，包含鎗彈射擊在內，都無法對她造成任何傷害。且極其怪異的是，那棒子居然還會長大，迅速抽長與變粗。

武松的能耐，還遠不僅僅於此——當她陷入多人圍擊之中，她的真本事才徹底發揮出來。武松手中那一根已迅速抽長至十幾公尺的金黃色鐵棒，往四面八方揮灑，難能思議的事就發生了！

一股巨大的能量爆裂開來——不管那些敵人有沒有被武松棒子直接地碰觸到，在她攻擊範圍距離內的人，就全數口鼻溢血，或軟攤或撞飛，一個個遭受到重擊，失去意識或戰鬥力，沒有誰例外。

後來，單廷珪自也知曉了，武松絕鋒能力的特質就是傷害——她能夠以天傷棒儲存所有襲擊而來的傷害能量，經由天傷棒釋放，方圓三公尺以內的人，都在她能力範圍內，無須碰撞，就能把累積在棒內的能量，轉嫁給目標，重創敵方五臟六腑。

武松的絕鋒能力，跟安道全看似相同，但又有極大差異——地靈盆是轉移傷病到盆裡植物上，將人治癒。而武松的天傷棒，完全是破壞性的展現，她受的傷無法轉出，因此不可能會瞬間痊癒，依然必須等傷自行痊癒。

天傷棒的能力限定於囤積傷害的能量，以及釋放。換言之，敵人的攻擊愈是猛烈，武松能夠儲存的破壞力就愈大，所以她也就越戰越勇。超臺北軍隊圍攻的人數愈多，天傷絕鋒就愈威猛。

最後呢，甚至從一根細棒，膨脹為巨大如樹幹的棒子！

武松一揮擊，一百人就一併倒下的壯闊場景，單廷珪記憶猶新呢。

但那一戰畢竟耗損過鉅，武松可是足足調理了快三個月，才得以復原。

第9話

穆弘離開廣場後，武松望著掛有寶藏巖三字的紅色石造建物，心中思潮起伏。

他也不由地想起了三年前的一戰，到貪狼圈裡，帶回單廷珪的死生一戰——那是至今為止凶險危殆的一次！

貪狼星魔軍的大舉出動，兩、三百名的兵士，若是當時武松不能速戰速決，真讓他們包圍成功的話，別說當時他們援救的女孩了，就是星火小隊五人都要斃命當場。

老林冲過了四十歲後，總希望可以盡量不取人性命，但那一場戰役，因為她的心軟，不慎被敵人偷襲成功，肚腹處被子彈穿過。黃信與凌振攙扶老林冲，尤其是黃信，更是捨身拚命地退敵——那會兒，其實黃信受傷也不比林冲輕，膝蓋碎裂，而後就不良於行，兩年前辭世了。裴宣則是忙著照應、保護還不是單廷珪的貪狼圈女孩，亦是分身乏術。星火小隊可說是陷入空前的危機裡。

武松適時挺身而出！

每一星圈的軍隊總人數高達五百人，武松絕不能讓所有士兵、軍官聚合起來，完成團剿之勢。所以呢，武松只能以傷換傷，透過收集敵人們的破壞性攻擊，而後一次巨量性地釋放，好爭取星火成員們撤離的時機。

腦海裡浮現當時的惡鬥記憶，武松亦是心有餘悸。那一場血戰，委實太過矚目，為免激起貪狼星魔全面進攻的慾望，在絕遇小隊的決策下，這三年以來，星火小隊從未再踏足貪狼圈。

星火小隊與定期專門負責入城搬取物資的猛獵小隊不同，唯有絕遇小隊下令，才會出動，進入超臺北，她們的任務也都是救人為主，換言之，是高風險的行動小隊。而在貪狼之戰以後，星火小隊休息了好長一段時間，也經歷了成員更替。林冲老了又病了，黃信也傷了——即使是安道全地靈盆，也無法使之痊癒，一年多前黃信回歸到永無。也是那時候，老林冲決定讓武松接下隊長之位，星火小隊也才又開始進入超臺北執行祕密任務。

而今呢，絕遇小隊又傳達了指令，星火自須全力以赴。只是，武松不動聲色地瞄了單廷珪一眼，想著她能夠承受嗎？或許此番任務該讓單廷珪留在寶藏巖。唉，這女孩啊，也不知她是怎麼想的，一成為同一者，就急忙跑去跟老林冲說是要加入星火小隊。武松當下就反對，但師傅的意思是讓她試試無妨吧，畢竟寶藏巖每個人都有自由抉擇的權利。

女孩三年前到寶藏巖，在施老師的命名紙上，選擇卜青為自己的姓名。生活了兩年，直到一年前，才忽然賜力覺醒，得以鋒擁，變為第二代單廷珪。第一代單廷珪回歸永無是在三年半前。這段期間，同一者裡並沒有單廷珪的存在。

實際上呢，卜青成為單廷珪的經驗，跟武松有點類似。她也從未見過上一任武松——據說在她與前代之間，間隔了二、三十年之久。林冲將她帶回寶藏巖時，僅有一根天傷棒孤立屋中，等著武松到來。當她拿起那根一百五十公分的金黃鐵棍後，就繼承了舊武松的一切，眼瞳也奇異地由黑轉為赤紅。關於絕鋒、鋒擁與賜力等知識、技術，全數是林冲教授給武松的。

單廷珪亦如出一轍，上一代也就留下了實物化的地奇瓢，其餘的都是由前代林冲帶著她去領會。至於罡煞九式，是老林冲授意要武松去教導單廷珪。真要說起單廷珪為何要加入任務危險的星火小隊，武松也不是不知道。只是，武松對她沒有那個意思。武松心底這麼想，那不過是少女情懷罷了，再多幾年吧，埋在單廷珪眼底令人驚心動魄的情意綿綿，或也自然地煙消雲解了。

然則，單廷珪不做如是想。她對武松除了崇拜以外，更有一見鍾情外加捨命報恩的情愛強度。但她也不急著告白，可以每天都跟著武松行動，就已經足夠幸福了。她暫時別無所求哩。

擁有自己的名字，而且是一個世世代代傳承的名字，接下了名字，也接下來了命運，成為被永無贈與力量的同一者——一個完整的人，一個不止是自己，同時還包含了前代靈魂的人。

充滿更多靈魂的人。

對單廷珪來說，成為這樣新生的人，是再美好不過的機運，這樣已經足夠了。

第10話

「召集隊友。」武松像是在對自己說。

而單廷珪聽見了。她點頭，立刻跑開了去。

武松就在原地等著，她望著山湖風光，霧茫茫一片中，偶有日光閃映。這裡自成田園之景，相比既有天上落灰、且工廠排廢烏煙瘴氣的超臺北，毫無疑問是世外桃源。過去在武曲圈時，黑氣瀰漫嚴重的日子，甚至教人難以呼吸，劇咳在所難免。有地位的上等人，都配給了口罩，但中等人、下等人們，就只能自製遮嘴的布套，想辦法度過恐怖的煙霾。很多人就算不死於暴力，也會因為城內含有毒素的空氣，肺部病變而死。

武松那會兒就奇怪，高掛在空中，可以阻絕、清除輻射線的赤網，怎麼沒有辦法淨化超臺北呢？如此一來，不正表示為城市鋪開赤網的萬劫，也有其極限嗎？祂並不像萬劫教義說的那樣無所不能，不是嗎？

她猜想，一定不是只有自己有這樣的思維，有些人確實心中會覺得古怪、矛盾，但就像是武星子〇八七的瀆神行為，每人都不敢議論一樣，超臺北的人們有誰膽敢長出一張開嘴去說三道四呢？還不是一個個都溫馴安分，免得被淩辱和屠殺。

而女性更沒有說話的權利，只能聽從男性的命令。武松那時如此，後來的新林冲亦然。初來乍到寶藏巖的林冲，甚至沒有說話的能力，若非蕭讓的地文筆將各種詞語填入林冲腦中，可能至今都不會開口，始終失去表達情緒與思維的口語能力。

語言已死！

在超臺北裡，僅有暴力的語言、機械的語言存在。其他的語言都已經在瓦解。武松想著，再過幾十年、一百年吧，如果超臺北還在的話，會不會所有女孩都再也不懂說話，會不會那兒就變成了一個徹底沉默的城市？

關於貪狼圈的印象，除了那凶絕一戰外，就是各種狹窄的巷弄，有著許多老舊的樓房，各種陰暗的勢力糾纏——女孩們是畜生，被賤賣，即使懷孕了，也會被迫要從事身體交易。貪狼圈女性所生下的女嬰，全都算是貪狼人，也就是終生都難逃情色奴隸的身分，悲慘的下場等在前頭，幸運一點的最多是遇到某個會疼惜她的男性，但這種機會微乎其微。

貪狼星圈信奉的是竭盡所能地蹂躪女性肉體，愈是殘虐的，就愈是雄風無敵。

武松深知自己一直都厭恨著貪狼圈。她不想欺瞞自己。雖然老林冲可能會說：「所有的憎惡都會將妳導引到深淵裡。恨是一種恐怖的引力，不要接受它，試著理解它，保持適當的距離。」

但怎麼可能啊！親愛的師傅，我們所處的這個世界何其瘋狂，只有寶藏巖是淨土是樂園，但超臺北那是水深火熱之地！師傅，我們難道不應該有所作為嗎？難道不應該去解救被迫活在地獄深處的女孩嗎？

武松感覺體內總是有一股強大的驅動力在運作著。她必須前往，必須回到超臺北，救出更多人。那是她的命運。那應該是同一者的使命。武松難以心無罣礙地在寶藏巖過著安逸的日子。

我需要戰鬥，我需要證明邪惡終將被摧毀！

十四星魔是邪惡的統御者——武松加入寶藏巖以來，就滿心期盼能夠讓高高在上、屠宰無數城民的他們，嘗一嘗被傷害、被破壞的滋味，尤其是五位上星魔。而如今，或許有機會讓貪狼星魔見識女性的強悍與力量。

武松記得，貪狼星魔佔據了一座古廟當作自己的大宅，原來好像是叫龍山寺，他把裡面過去滅人崇拜的神祇悉數清空，重新布置成奢華艷麗的空間，裡面當然豢養了無數美貌女性。

在舉世絕滅以前，跟永無信仰、萬劫教不同，那些滅人的宗教，都會固定於名為寺廟那樣的場所進行——寶藏巖裡也有那樣的廟。不過，武松並沒有深究就是了。她不怎麼關心滅人的文明與生活方式，她不是愛讀書的蕭讓，也不是真心想要重建末日大戰之前人類歷史的溯史師，如陸謙、董超等人。武松在乎的只有現在，活生生的現實，其他的一點都不重要。

如今，有那麼多女孩在超臺北裡受苦啊！這才是無可動搖的事實，這才是真正必須投注更多心力去解決的問題。雖然武松也瞭解，就算是同一者傾巢而出，也難以跟十四星魔軍抗衡——兩方戰力天差地遠，敵方人數是壓倒性的多，再加上機異科技日新月異的高速發展，真要全面開戰的話，寶藏巖和同一者極可能是毫無勝算。

正因為如此，武松的心底，就有更多的焦慌與不滿。有時候她不免會想，就算賜力、絕鋒是永無所給予的神奇能量，那又如何呢？同一者不仍舊是無可能解決這世界正發生的各種苦難？

武松深呼吸。她必須停下這些懷疑。寶藏巖的體制確實只能自給自足，而同一者的能耐也是有限的，但已經是目前最好的了。或許一切都還能更好，但需要時間慢慢累積。

我們需要時間，世界需要時間變得更好。
急躁不能讓世界變好，要一步一步踏實地走，得像師傅反覆說過的那樣。

第11話

裴宣與凌振在閒聊著。

「我們就像《俠女》的角色一樣。」凌振說。

一頭蓬鬆亂髮的裴宣，黃膚臉上是滿滿疑惑：「那是什麼？」

「一部老電影。」

「電影？」

「在書上讀到的，那是滅人們的娛樂，唔嗯，同時好像也是藝術作品。」

「又是娛樂，又是藝術？」裴宣看起來更困惑了。

凌振健康的棕色臉膚，也浮現了猶疑之情，似乎不曉得該怎麼說明。

裴宣逼問：「所以，那是怎麼樣？」

「何必為難我，我只是聽蕭讓提過而已。」凌振甩頭，長辮子也跟著晃動。

「那個書痴真的是知道很多東西啊。」

「確實如此。」

「總之，《俠女》的內容是？」

「蕭讓說，有個俠女和書生合作，守在一間古廟將一群壞蛋全都收拾乾淨。」

「哦？那跟我們有什麼關係？」

凌振正要說明，裴宣忽然想到了：「等等，俠女跟書生又是什麼呢？」

「妳的問題還真多。」

「我就是不懂嘛。」

「俠女應該就像是我們囉，有力量、會運用武器的女孩們。」

「哦。」

「書生就是喜歡讀書的人吧。」

「也就是像蕭讓一樣？」

凌振大點其頭：「毫無疑問。我想。」

「唔嗯。」裴宣想了一下又拿疑問丟回去：「不對吧，但我們是去進攻欸。」

「這是重點嗎？」

「當然是啊，這樣不是整個反過來了，變成我們是壞傢伙嗎？」

凌振拍著額頭，抓著自己的辮子，一副氣惱無比、真是有理說不清的可愛模樣。

林冲在一旁聽得可興味盎然了。凌振和裴宣喜歡鬥嘴的程度，跟猛獵小隊裡的宋萬、朱富可有得比了。認真說起來，最初的星火小隊成員，也有朱富呢——她的地藏巾太方便好用，有著最安全且巨大得難以測量的收藏空間。只要她用賜力打開地藏巾，讓被救援的對象藏進去，就是最萬無一失的措施，而且又輕，朱富扛著完全不費力。

可惜的是，朱富戰力不高、速度也不快，一旦地藏巾裡置放了東西，就不好施放攻勢，一個不好，裡頭收納的救援對象都會被甩出。幾經衡量後，朱富還是調去了猛獵小隊。終究，星火小隊首要考量的還是攻防力。

林冲從超臺北來到寶藏巖已滿一年了，戰力天賦極高的她，最後決定加入星火小隊。那可不是她一時衝動，而是經過深思熟慮以後，她覺得這是最好的抉擇。上一代林冲本就是星火的隊長，後來傳承給了武松。林冲目的當然不是想要成為隊長。武松的兇猛善戰，林冲自知遠遠比不上，也沒有想要跟武松較量。林冲很崇拜武松。打從加入星火以來，數度和武松演練對戰，林冲都要敗下陣來。武松那種豁命的驚天氣勢，狂放且霸道，真是無以為敵。

對林冲來說，投入星火小隊，最至關緊要的是想對寶藏巖有所貢獻。她明曉，自己所繼承的天雄矛，是同一者的絕鋒中，戰鬥指數最高的前幾種，如不妥善運用，實在對不起在她之前的林冲們。

尤其是當林冲在三個月前與猛獵小隊一起前往天相圈、七殺圈執行任務，整隊突然中了終截局頭子十二凶獸之一的撃羊獸埋伏。那會兒，林冲奮盡一切力量，因擎羊獸之輕視，僥倖擊敗對手，救回猛獵全體後——

林冲就曉得，這確實是自己的天命。

第12話

武松看著隊員們，簡單交辦事項：「後天早上十點廣場集合，十點半出發，每個人都要穿上造像衣。以我們的腳程運用賜力的話，三十分鐘可以到達龍山國中，十一點左右到達，我們躲進校園，十一點五十分前往廣州街、南寧路交界處。」

星火成員肅靜聽著。平素裡，隊員會彼此取笑、嬉鬧，但在行動指派時刻，星火小隊異常謹慎，因為那是生死交關的事，決計不能胡鬧。何況，武松隊長的行事作風，一向是嚴厲無比的，可容不得她們沒正沒經。

而林冲聽到任務指示，發現這回的行動地點，距離上一回猛獵被擊羊獸伏擊的小南門，並不遠，當下心裡就有些不安了。星圈與星圈之間，原本就都不遠，畢竟超臺北就這麼大，而貪狼圈與七殺圈更是鄰近。只不過，這是林冲加入星火小隊的第一個行動。那一次，她與擎羊獸的廝殺，也是在猛獵的第一個任務。如此的巧合，讓林冲的心蒙上一層不祥的預感。

凌振搖頭晃腦，長辮子也跟著甩著，她的臉面含笑，一副躍躍欲試、迫不及待的模樣。又是好一段日子沒有出動，再這樣下去身體可要變鈍了。喜歡冒險的她，鎮日在安和平靜的寶藏叢裡，總覺得有點百無聊賴。

裴宣抓抓一頭炸裂也如的亂髮，眼神極其專注，顏面上有圖紋符文浮現。她心裡想著，貪狼圈啊，可是十四星圈裡最危險的五個其中之一，不過，那又怎麼樣呢！裴宣跟著老隊長、新隊長在超臺北各星圈出生入死了多少回，救了多少人啊！她可從來沒有卻步過。誰都不能讓她生出怯意。同一者是深受永無眷顧的。裴宣深信不疑。

單廷珪表情凝重，自從脫離貪狼圈以後，這是她頭一回必須進入這個彷如噩夢的星圈。但她不是一個人。過去，她是一個人在那個地獄受苦。現在，她有武松隊長，也有星火隊友們，更何況她還有地奇瓢，相信一切都不會有問題的。相信。

武松的奇異赤瞳一一審視著隊員們的眼神與反應，她們正在準備中，從內在心理的層次開始武裝自己。所有的戰鬥都是這樣的，每一次都是全新的開始，每一次都必須重新確定自身的意志。

無論輕鬆以對、滿心期待、恐懼抑或緊張嚴肅都好。每一種態度都是好的。戰鬥是會死人的。戰鬥不是遊戲。那是跳入地獄、與死亡面對面的壯舉。沒有人應該要在日常裡時時刻刻習慣殺戮對戰，本來就是需要時再重新預備好戰鬥的意念。

老林冲總會這般告誡武松：「我們是人，兩隻腳站在地面上，有情感、能思考的人。而同一者就算有賜力傍身，我們依然是人。別忘了這才是最重要的一點。我們是人，就要活得像是人，用心去感受所有的情緒與事物。不要遺忘了自己的情感，不要遺落自己的心。別讓戰鬥吞噬掉自我，要記得，戰鬥不是人誕生的意義。我們是為了當個人，才降臨在絕望的世界。千萬要銘記在心，我們是同一者，但我們更是人。」

絕望的世界！師傅，妳說的對，我們就活在一個滿是灰燼的世界。而寶藏巖是獨一無二的希望。我們都可以感受得到世界已經死過了。現在只是短暫的復活。世界在末日裡苟延殘喘。

這個被萬劫恐怖統治大半地域的世界，更像舊世界的鬼魂。

而我們必須有信念，成為人的信念，不再活得跟機器或鬼魂一樣。

我已經不是那個超臺北女孩。我不是武曲星魔的女兒。

我是我自己。至少我是我自己的武器。

我將為了成為人類而戰，而不是為了殺死邪惡而戰。

師傅啊，我盡力記得，我始終都記得妳說過的。

第13話

「開始訓練。」武松下達命令後，轉身就跑。

星火小隊的成員們二話不說，全都跟在武松後頭。

這是星火熟悉的大訓練，分成好幾個部分，包含最後的對戰演習。

第一個步驟就是跑步，又分有兩種跑法，其一是用自己的身體跑，其二是用賜力跑——意思就是將賜力輸送到雙腿，使肌肉的強度、神經的傳輸等等，都能夠瞬間增加爆發力、耐力。

第一種跑法呢，是身體本身質素的養成。簡單來說，體力不夠好，賜力能夠加強的部分，也就不會多。畢竟，巧婦難為無米之炊，如果沒有足夠的肌肉量、神經反射、動作記憶等的鍛鍊、培養，只想依賴賜力爆發，純然是不切實際的想法。

賜力自不是萬能的，也沒有辦法源源不絕的產生。賜力確實能提高速度與強度等方面，但身體也得有相應對的實力，方能夠憑藉著賜力往上拉高，至於是一個檔次還是更高，就真的是很看賜力的質量與平常累積。

而且，同一者的身體，必須有足夠的厚度，方能經得起賜力的強化。舉例來說，如果本來可以長跑四個小時，運用賜力的話，至少可以增加一倍的時間。如果跑一百公尺，需要十秒，賜力的注入就會縮短好幾秒。如果原先就能夠跳上兩公尺的牆，賜力也會幫助同一者一跳就四公尺，甚或更高也有可能。可是，如果身體，僅僅只有長跑一小時的能耐，賜力能夠拉升的，最多止於兩小時。

賜力可以短暫地讓同一者化身為神人，但這個效果是有限度的，不可能永遠維持下去。且賜力的使用，亦需要技巧，如何精準地投入賜力，必須日復一日辛苦練習。一次灌入全部的賜力，確實可以做到更神奇的境地，例如跑步的話，以速度取勝的戴宗，有本事在一秒內就跑完一百公尺，甚至快得彷若瞬間移動，亦不在話下。但這會大量耗盡賜力，等於接下來的動作，再不能使用賜力，還是得依靠身體原來的能耐。

因此，同一者對體力的日常鍛鍊，以及賜力的神奇運用，都是缺一不可的。

在武松帶隊下，星火小隊從廣場跑過了紅廟，跑上了石路、石階，一路往上，持續奔跑到小觀音山，再往下跑，繞過了寶藏湖，再回到廣場，跑得眾人是汗流浹背，呼吸粗重。星火成員個個早已習慣操練，並不會叫苦連天。

武松沒讓隊員休息，往後喊了一聲：「賜力。」忽然，人就化作一抹流光，奔進了紅廟，又奔上石路，轉瞬如風。其他的星火也跟著都動用了賜力，灌注於雙腿，高速狂奔——她們腿的動作真是快得看不見。賜力在體內沸騰一般，身體變得輕盈絕倫，沒有任何阻力，身體被神祕的力量加速著，而心跳與呼吸卻比上一輪跑步還要更平穩。

星火們跑著跑著，個個好像就要飛起了一樣。

而跑在前頭的武松，感覺暢快無比，感覺可以就這樣一路跑下去，跑過了往事，跑過了時間，跑過了悲傷與痛苦，跑過了死亡，也許還能跑到老林冲的身邊，再聽見她的苦口婆心、嘮嘮叨叨。

跑啊，武松！

就這樣跑過一切吧！

第14話

在純粹以身體跑步，而後復又憑藉賜力奔跑後，跟著就進入星火鍛鍊的二部曲——罡煞九式的操演。她們一式一式來，從定式、衛式、衝式、流式、躍式、輪式、破式、環式到最後的絕式，每一種至少要練一百次以上，必須練到能自然反射的熟練程度，務求對敵時可以無須思考就出招。唯有讓身體徹底記得罡煞九式，在生死存亡之際，方能有最好的發揮與應對。

當然了，就像跑步一樣，罡煞訓練的第一步驟，也必須純粹是以身體反覆操練。罡煞九式是萬用的，或者說它是一種適用於各種兵器的攻防技，包含拳腳。這即是說，罡煞九式其實也能變異為罡煞拳法、罡煞掌法、罡煞指法、罡煞腿法、罡煞爪法等等。同一者可以或用拳或用掌或用指，哪一種都行，總之就是找到自己最喜歡的手法，把罡煞九式牢牢刻印銘記在體內。

隨後，當然就是將賜力集中於四肢上，進行罡煞九式的鍛鍊，這個時候的破壞力就大了。武松就別說了，她的機械雙手原本就萬人敵，若再加入賜力，隨隨便便就能轟倒厚牆或打裂那些長橋的石墩，且看來是不費吹灰之力。其他人雖遠不及於寶藏戰神武松，但亦能造成強大的損害，就連修練罡煞最短的林冲，一旦賜力灌注，一掌拍碎兩人環手合抱的岩石，也不是什麼難事。

至於修練的第三步驟，則是星火們要拿著武器，但不是寄寓於同一者體內的絕鋒，而是木棍、木刀、竹劍之類的物體，運用罡煞九式練習。由拳腳開始，到融入武器之中，罡煞九式都能夠全面性予以運用，作為寶藏必殺技，實在當之無愧。

最後，才是鋒擁——她們會呼喊出各自的絕鋒，將賜力輸入其中，結合罡煞九式，製造出恐怖殺傷力。廣場上，那可是各種刀光劍影、噴發不已的奇景。且不止星火小隊，其他如破曉、猛獵、疾舟等小隊，也都來到廣場進行體力與賜力的鍾鍊。

星火們這會兒的大操練，走的是極度嚴苛路線，會大量耗損體力與賜力，一般同一者實在跟不太上。能跟星火小隊一樣達到這等刻苦鍛鍊的強度，大概只有負責刺殺任務的破曉小隊。畢竟這兩隊的行動，大有機會與星魔軍面對面開戰，實是凶險萬分，也是傷亡率最高的兩支小隊。其餘的同一者小隊雖也訓練，卻不如星火、破曉般的高標準。

寶藏巖人也都看習慣了，廣場上經常見得寶藏巖真正意義上的守衛者們、滿場奔飛的風景。這廣場呢，等同於練武場——後來，有些同一者會這麼稱謂那個廣場。起因於同一者中的大書痴蕭讓。

蕭讓給自己的屋室一個名字：藏經閣。裡面堆滿了各類型的書籍，不同於智真的大斗坊收藏的漫畫，並非畫藝型態，而是有大量的文字書寫。其中部分書籍裡面的角色，亦有類似漫畫人物們會有的奇怪能力，名為武功，那樣的書就叫做武俠。

在這些書籍裡，蕭讓常常讀到練武場三個字，很自然地變成她對廣場的私稱——她的藏經閣，也是借自武俠書。有些跟蕭讓親近的人，聽過如此叫法後，也就習慣性地喊那是練武場。

近來呢，寶藏巖興起一說書師的業別，主要是依據蕭讓收藏的書籍，挑些特別讓人血脈賁張、故事離奇的書，以口語敘述，說給大夥兒聽。畢竟，寶藏巖裡真正識得文字的人，並沒有那麼多。

這一、兩年之間，聞達、李鬼、裴如海等人的說書屋，可是新興的娛樂型態，人滿為患，每每都見得五、六十人熱情激昂地塞進了房子裡，聚精會神聽著，足可與寶藏巖另外的大宗娛樂籃球賽比擬。

總之，在說書師的推波助瀾下，練武場也就逐漸取代了廣場的舊有講法。

仔細一想，這個既是寶藏人口中的廣場，又是同一者所謂練武場的空間，非常神奇。武松發現，無論有多少同一小隊在操演，甚至連其他寶藏人也來湊熱鬧，仍舊不會有擁擠或碰撞的現象。實際上，整個寶藏巖也給人這種奇妙的感覺，好像空間永遠足夠用。或許可以這麼說，寶藏巖空間彷彿會生長，具備著柔軟的彈性與擴充的可能，而非不可變動。

武松私心這麼想：寶藏巖無疑是超越了物理空間限制的福地。

最後，就來到星火的訓練第三部曲，亦即對戰，跟二部曲一樣，分為拳腳、器械、賜力、絕鋒四個步驟。星火的鍛鍊方法是，確保所有成員都能在危險四伏的關頭時，有著最好的生存機會。每個成員都有這樣的認知，因此賣力練習，絕無懈怠。

而當錘鍊技藝三部曲練完呢，一天也就過去了。中間也有安排休憩時間，星火們自然得吃午餐，否則誰也支撐不住，通常都是孫二娘會拎著各種美味的飲食，來到練武場，送與星火小隊吃食，好好地補充體力。

而今天就像此前的每一天，星火們苦練到了傍晚，這才解散，各自返屋。

帶著隊員們辛苦操練的武松，回房洗浴、用餐後，夜下獨自一人，又慢慢踱到了湖邊。已經是多年來的生活習慣，武松總喜歡在晚間漫遊，從在超臺北的年歲裡，就是如此的了。同時，這亦是她獲得放鬆的個人儀式。

她沿著湖岸，無所事事散步。夜涼如水，風輕輕吹拂著，湖水拍擊岸邊，如泣似訴，到處都是霧氣撩亂——楊志的天暗手套所施放的濃霧，僅密布在湖面上，並不蔓延到內部居處，成為寶藏巖最佳障蔽。猶如活物的霧，同時也有示警的功能。

今夜的月亮非常朦朧，放眼望去周遭都是幽黑，除了身後寶藏巖的燈火——有魏定國的地猛爐，還有賜研組根據她的造火賜力所製造的明火燈，就算沒有電力，也沒有妨礙。寶藏巖生活品質要比超臺北好上太多，該有的都有，並不匱乏。

武松慢慢地轉身回頭，凝視自己的生存之地。

每一盞點燃的燈，都儼然是一句詩。

溫暖的詩句，就那樣具象地映照著一切。

整個寶藏巖就是一首詩，完整的樂園之詩，優美得猶如世外仙境。

武松心中興起柔軟而綿延的情緒，可以在這裡活著，是幸福得多麼不可思議的事。

曾幾何時，她的內心也浮現了這般多愁善感的念想，簡直像是別人的感觸，而不像是自己的。武松對閱讀與書籍沒有興趣，對詩歌是何物，一無所知。但某些時刻，腦海無可遏抑地會生起奇異的詞語，去指認某種難能況味、甚至無可名之的詩意。而詩意呢，是一種輕盈、漂浮的感受。如武松這般自以為此生與精緻、優雅無關的人，偶爾還是會意識到接下同一者的天命之後，自己的心靈確切地變得輕盈靈敏的事實。

武松驀然想起，那一日老林冲帶她去看樹的事——

平素裡，師傅本就常帶他去爬山，甚至也會一起沿著橋墩爬上那在滅人時代作為交通要道的長橋，但都不是為了訓練，就只是登高望遠的休閒。據師傅所言呢，因為地震、洪水的緣故，在舉世絕滅之後，寶藏巖發生了整個地勢隆高的巨大異變，所佔的腹地亦大為增多，小觀音山的海拔亦高出許多——聽說與在超臺北最西緣的觀音山差可比擬——形成四面環水、自成一島的獨絕形勢。這也是超臺北政府軍幾乎難以克服、也就不可能大舉進攻的天大難題。

小觀音山最高處呢，有一棵奇怪的巨樹，長著雄厚無倫的樹幹、繁盛錯綜的枝椏、蜿蜒於地面的龐然樹根，且樹冠上滿滿的翠綠，宛如綠色在燃燒著。那棵樹甚至有名字，名之為森羅。

豎立在孤頂之上的森羅樹，是寶藏巖人心中的聖樹。

當時，老林冲站在森羅樹前三公尺外，表情肅穆，眼神崇敬，陷入深刻的緘默。

武松莫知所以。森羅樹確乎令人生起神聖感，但終究是一棵樹啊。她並不懂師傅為何要特地帶她來這裡看樹。而且她還感覺到老林冲似乎在對它說話，或者聽樹說話——

樹會說話嗎？武松對自己有這樣的奇怪念想，還暗自搖頭哩。

老林冲靜默了好一會兒，便對武松開口道：「成為人，意味著有尊嚴，有自由意識，擁有決定日子要怎麼過的權利。我想，無論在哪一個年代，這都是重要、無可取代的事吧。」

武松眺望著被黑暗與濃霧遮蔽住的高峰，回憶又湧上來了，總是無法截斷。它就長在裡面，深深紮根著。跟老林冲的師徒關係，是武松心中的最大依靠，也或許是唯一的吧。她不由自主地回想起與師傅的相處情景，以及她說過的種種言語。

回憶是會殺人的！

每次憶起憂傷往事，總是她的一部分，某個一小部分，再次死去。

此時，有個念頭忽然鑽進武松的腦袋——道別是非常艱難的，道別是時間的刺殺。

是的，就是這樣，被時間刺殺過了，僅剩下回憶的殘骸。

武松再度訝異於自己偶爾會有這些奇異如詩的念頭。但她逐漸習慣了，有些話語、有些想法，並不是從閱讀書籍裡面來的，是從真正的人生體驗長出來的領悟。更何況，她的人生不止是自己的，還有之前的武松，以及同一者的根源，永無。

是的，同一者是比自己更多的人——

因為我們的裡面，共融著前人們的心靈史。

第16話

翌日。星火小隊成員九點便集結好了，且都做過讓身體柔軟的動作，放鬆肢體後，一樣開始跑步，純粹身體的跑步，從練武場前大片斜坡開始跑，跑上屋房區，跑上了山腰，跑到了山頂，但沒有登上森羅樹所在的孤峰，而後從山的另一邊往下跑，繞過了大半個寶藏湖沿岸，再跑回廣場。休息片刻後，就是拳腳、木竹製兵器的練習，十一點半也就結束所有鍛鍊。

今天沒有運用到賜力，昨日呢，是每五天才一次或緊急任務時，必須凝注、提升隊員專注度才會進行的嚴刻大操練。平常時日，基本上星火小隊持續針對的是基礎體力的養成與厚實。高強度的鍛鍊與適當的休憩，都是重要的。武松可不想讓隊員們的身體，每天處於過度繃緊、耗損的情況。任何事情都有一個適切值，這也是老林冲教給她的重要觀念。

武松瞧著認真修練、大汗淋漓的隊員們說：「解散。」星火們也就各自離去了。

明日過後——武松想，就是要出發去貪狼圈了。武松抹掉臉上的汗，她的心坎裡並不怎麼緊張，不過就是另一次任務。只是，有兩件事的確令她有些掛慮。其一，這是林冲頭一回參與星火任務。其二呢，當然是單廷珪再度返回貪狼星圈。

三年前，星火闖入貪狼圈救回還不知道後來會變成單廷珪的女孩，其實只要老林冲全力擊發天雄矛，相信也能跟武松的天傷絕鋒一樣，完全壓制式的將兩、三百人撂倒，畢竟天雄矛當真具有橫掃千軍之勢能。只是老林冲後來再也不願意輕率啟用。因為，她的衝擊所造成的傷害，可能遠大於天傷棒。當天雄矛全力施展，往往會讓敵方四分五裂，造成極度殺戮、斷肢殘骸的煉獄景象。早年的老林冲，並不會如此慎重，但過了四十歲以後，不知不覺間就變得心慈手軟了。

天雄矛的衝擊，就像是比滅人更為久遠的古代人類所擅長的氣功一樣，那是無形的巨大力量，隔空可殺敵。天傷棒的破壞，則是回轉的形式，將敵人的傷害全數反饋回去，如同無形炸藥一樣。

武松的印象中，老林冲真要生氣起來或動了殺機，她的天雄矛所發出的震波，可以直接轟爛大型建築，比如說一舉裂解星魔們的大宅，也決計不是問題。武松對老林冲的本事知之甚詳。

但新林冲嘛，接受賜力及攻防技藝的鍛鍊時日尚短，應該遠遠比不得上一任林冲吧。然則，她終究是林冲，有朝一日，她一定會跟上前一代的戰力吧。武松對師父的後繼者非常有信心，不為別的，就因為女孩是林冲親自傳承賜力、絕鋒的。

至於白髮紅膚的女孩，武松會看管著她——那是武松的責任。在她心中，單廷珪一直是當年那個她豁盡力量救出的少女。自從帶她離開後，武松就對單廷珪有著一份特殊的情感，像是自己的妹妹，那是親人的感覺，就像楊志、孫二娘把林冲視為女兒，有著真實的情感連結，無可拆分斷裂。照顧單廷珪，跟在武曲星魔大宅中體驗到的冰冷殘酷，截然不同，那真有一種與家人相處的溫暖，無可取代。

不止是單廷珪而已，武松對自己立誓：無論如何，只要有她在，所有的星火們都會回來，回到寶藏巖這個家——沒有誰可以從她的手中奪走任何一個隊員。

武松的眼神熊熊燃燒著。

在自己的房子裡，準時十點入寢的武松，罕有地做夢了。

她夢見過去的自己，那個還名為武星女一一九、充滿恐懼、在黑暗中過活的女孩。而她正在無光的長廊裡走著，如同幽靈，無依無靠。她正在找食物。到了廊道的盡頭，她停步。眼前是一水泥空地。餐廳還在另一頭，武星女一一九得悄聲無息地越過空地。她非常飢餓。她必須前進。月亮是死去的，整個世界沒有光亮，唯獨萬劫像的紅光，在暗沉的天際，若隱若現。

舉足維艱。武星女一一九的心，被懼意真切地充滿著。她無法跨出一步。廣場在黑夜的包圍裡，像沒有盡頭，看起來就像是一張巨大的嘴，一頭沒有身體的怪物。而飢餓在痛擊著她。沉重的機械手臂，讓她更是疲累。每天都必須用盡全身力氣拖著它們走。那不是自己的一部分。它們只是她的負重，無可擺脫的重量，讓她疲於應付。

此刻的武星女一一九，兩條堅硬的金屬手臂依舊長過於膝，不由自主彎腰駝背。有滿長的一段時間，武星女一一九就像廢人，只能用嘴、雙腳取物，雙手毫無作用，沒有人教她可以如何使用機械，就算後來她逐漸摸清楚如何操縱，仍舊無以順暢執行細部的動作。還得等好幾年，等到她成長到十七歲，身高倏地抽長，肌肉量足夠，方得以支撐起兩條沉重雄厚的機械手臂。

夢中，她卡在長廊與廣場的中間地帶，動彈不得。恐怖將她錨定住，她無法推進。同時，飢餓感又讓她不可能後退。可是她不能定在這裡，得要繼續走，不能停滯。她需要往前推進的力量。

咬著牙，武星女一一九踩出第一步——就在她的右腳踏在廣場時，忽然一陣天旋地轉。她莫名地掉落，原來堅硬的實地，瞬間化為空無。她就像是跨進了深淵那樣地往下墜。她發出慘叫。

無盡的深淵裡，有微光。

她的下方有著門——一道又一道的門，打開的門。門中之門。每一道打開的門之下，還有更多打開的門。穿過一道又一道門。她跌入無數的門。夢中的她，渴望有一道門為自己關上。如此一來，她就能落在上面，關上的門就會變成地面。

關上吧，為我關上吧！

唯成千上百的門，全都是開啟的。於是，她一再地跌落。不能控制，沒有選擇。

也不知道過了多久，她摔落的身子，穿過了難以計數的門之後，忽然有一道門彷彿聽見她的祈求，在下方，發出咿呀的聲響，正在關閉。她希望來得及自己在掉出去之前，那道門便已經關上。

猛然，身體扎實撞上門扉。激烈的碰撞聲響。肌肉與骨頭在哀號。她無能閃避地落在緊閉的門。爆炸式的痛楚深入骨髓。她感覺幾乎自己要碎裂了。下墜的速度，讓她的重量加大到令人懷疑門是否可以承受——

門沒有裂解！

但她差點滾落——突如其來的煞停與及強勁的撞擊，讓墜落的狂飆停住。可同時呢，她的身體往旁邊滾出去，就要從躺在虛無中的門外跌下。

伸手，伸出該死的手啊！不要再跌落，不會再有一扇關上的門。動手啊！

她的鋼鐵左手動了。而且確實地握住手把。那一瞬間，感覺機械手臂裡所有金屬製的神經、肌理全都甦醒了。她死命地抓著門上的圓形握把，把自己扯上去。她趴在那扇門上。

她驚險地翻回去，平躺在空無裡的門——這眼前的一切究竟是怎麼回事呢？下意識抬起頭，往上看，在幽光裡，她看見上方確實有無限道打開的門。她呆滯地望著。瘋狂的喘氣過後，她甚至大膽地探頭出去，瞧著下方，一樣是門，虛懸在幽暗空中的，一道又一道打開的門，沒有終止。

趴在孤懸空中的門上，她目睹了一棵樹。

一棵發光的樹，就在空中懸浮著。

空中的樹？她想著，這是在做夢吧，當然了，這是夢無疑。這不是真的，快點醒來吧。奇怪的是，那棵樹跟小觀音山絕峰上的森羅樹長得很像，不，不是很像而已，根本一模一樣啊！

那是同一棵樹，同樣的翠綠，同樣的巨大枝椏與根莖。

空中的綠樹，鮮亮的光芒四散。

望著那棵美麗得無與倫比且神聖的綠樹，她忽然難以遏抑地流下眼淚。

第18話

淚水模糊了視野，武松眨了眨眼，一切都在消逝。

突如，她就醒了過來，在自己的房子裡，躺在自己的床上。武松用力睜開眼睛，周遭仍然是昏暗的。門與樹都不見了。只有她跟那縷迅速地消散的夢的尾巴，在這裡，在此刻。

她又是紅眼睛的武松了，不是過去的那個黑瞳幽靈女孩。

武松拍拍自己的臉，慢慢坐起身，回想著剛剛發生的夢，正在死去的夢。

一個恐怖的夢，但又是一個美好絕倫的夢！

在黑暗中，武松用機械手臂，輕輕地扯住臉部肌膚。啊，會痛。她已經醒了，從那個怪異荒誕的夢中醒來。她在現實裡。武松摸著床邊桌子，拿起水杯，先灌了一大口，再放回杯子，移動雙腳，踩著地面，站了起來，往一旁移動，轉開了明火燈，室內被照亮。她看了一眼牆上的報時板——這也是寶藏巖獨有的賜具——現在才三點呢。武松吁了一口氣，雙肩聳起又放下。武松復走回床邊，一屁股坐下。

她忍不住要想，剛剛那個夢是怎麼回事？是因為明天要展開救援任務，所以緊張？有句老話是怎麼說的，日有所思夜有所夢，是這樣一回事嗎？但武松並不覺得明天的行動特別危險。

不過啊，武松也了解，人心不是那麼容易理解的，尤其是自己的心。

師傅是怎麼說的？對了，老林冲這樣說過：「心這種東西，就是一團時時刻刻都在改變、充滿霧與黑暗的生物。」如果，師傅現在仍然活著的話，就太好了。武松就有一個人可以提問，而不會只能對著黑夜與空無發呆。

現今的她，已然必須擔任指導者。可背負起身為隊長職責的她，有時候會感覺到自己的有限與無知。面對永無，面對自己，面對整個末日後的世界，她是那麼的微小啊！

師傅，如果妳還在，妳一定能傾聽我的苦惱，解答我的疑惑吧。

但也許師傅會這樣回覆：要自己去聽啊，聽自己的心聲，找到自己的道路吧，而不給任何答案吧。面對人生，尤其是那些唯獨自己經歷過的事，其他人是幫不上忙的，只有自己才能是自己的解答。

她還在超臺北時，其實心裡總有一股聲音，愈來愈生猛的不思議聲音，要她準備好，時機到了就能夠往南走。當時的武星女一一九不可能知曉其中的意味，她只覺得不過是自己的幻想。

可是，有時候，在極致殘酷的現實裡，希望會以幻想的形態出現。

如果是現在，武松就會明白過了，會不會那個幻想似的聲音，就是永無呢？也就是說，從在超臺北武曲圈的時候，永無便已經在關注、觀照著她了。身為同一者的可能性，真切地埋在那個連自己的機械手臂都控制不了的小女孩身上。應該是如此的。

此夜如此漫長啊！

而武松知悉，她絕不能任由自己徘徊在幽思裡，她得要躺回床上去好好的睡覺。明天有一場戰鬥在等著武松。她還有隊員要照顧。過去就能繼續過去吧。現在才是最重要的。睡覺吧！

為了自己，為了星火，也為了明天，睡吧。

好好的睡吧！

第19話

然後，施老師就出現了。

為什麼武松會知道呢？很難解釋。但那個人就是施老師沒有錯。武松從來沒有見過施老師。整個寶藏巖唯一會被尊稱為老師的神祕人物。同一者總是以寶藏之心這四個字稱呼施老師。但為什麼呢？

「因為，施老師代表寶藏巖的所有命運。」這話是師傅說的，但沒有多加解釋。

武松發現自己又回到了夢裡。但不是深淵裡的無盡之門，那一棵虛空中燃燒一樣的綠樹，也不見蹤影。武松在通往小觀音山的山徑上，就像過往跟師傅爬山一樣。但旁邊的那個人是施老師，而非老林冲。

他們一起閒步於山林中，登高望遠。兩人不發一語，但那樣的沉默是輕盈的，並非堅硬如鐵、教人難以呼吸的悶重感。伴隨在施老師身邊的感覺，彷彿從前跟著師傅，是舒適且安穩的，能夠確切地感知到山水與人同在的神祕意味。

永無也跟我們同在。永無跟所有的心同在。永無也跟宇宙同在。

施老師沒有開口。但武松聽到了，點點頭。夢中的她，心思非常平緩，一點都不急迫，時間會慢慢來，時間可以是最安靜的守候。師傅總說武松太緊繃了，要學習放鬆。

唯武松的意識裡，卻充斥著緊張感。世界等著被拯救，世界有那麼多受苦的女孩，她如何能夠享受眼前安逸，遺忘過去經驗的煉獄歲月呢？武松覺得自己有使命，特別是她的偉父就是造成災難的人。

她必須解決。那正是她曾為星魔之女的宿命。

我們的過去如同鬼魂。而有些鬼魂是不會過去的。不會真的消散。它一直都在。鬼魂一直都在。去尋找鬼魂。去深深看見鬼魂。去理解鬼魂。不要迴避自己的陰影。永無也與陰影同在。

武松聽著。但不那麼清楚施老師的意思。但她心裡明白，施老師的話語是有意義的，只是她還不能徹底的理會清楚。同時，武松也忽然意識到一件事，就是自己的所思所想，施老師似乎無所遺漏。彷彿，是的，彷彿施老師能夠聽見她的心聲，甚至與自己同步。武松一方面驚奇無比，但另一方面又覺得合情合理，根本沒有什麼好詫怪的。

畢竟，那是施老師，那是寶藏之心，那是同一者與寶藏人的導師，不是嗎？所有人的心都是寶藏。所有人的心都牽結在一起。

武松專注聽著，她謹記在心，無論是否理解，都要牢牢刻印在心頭。她隱約感覺到施老師帶來了答案，可惜武松並不知道是針對哪些問題的回應。可是，總有一天，這些解答會發亮，會為了她，也為了世界發亮。武松無比確信。

世界之中還有世界。世界不是獨立的一個。世界是無限的世界。別忘了自己。也別忘了跟自己有所連結的人。去找到自己心裡的那個一。可以與更多的一深刻締結的，屬於自己的一。去吧同一者。去吧。

施老師在說話。

而武松極其認真地聽著。在夢中傾聽著。

第20話

清晨。武松在六點醒來，有點迷茫，但同時又帶著神清氣爽感——她知道，自己心裡面的問題並沒有解決。但她可不用急，慢慢來，就像師傅說過的：「沒有好好過生活的人，又怎麼能期待自己能夠拯救世界？」

施老師進入了她的夢境，這無疑意義重大吧。夢中的山徑如此漫長，似乎永遠也無法登頂。施老師的話語，從無聲中出發，在寂靜裡抵達，彷彿經歷了一輩子，才會真正來到心中。

有個直覺，或者說融合在她體內的前代武松心靈所典藏的微妙感應，如此對她訴說著。她必須花更久的時間去消化、去理解施老師真正想說的到底是什麼。那是有力量的說話，甚至可能是永無那兒帶來的。

武松成為同一者愈久，就愈相信直覺不是空穴來風——直覺是來自空無的訊息。

那裡面一定有著重要的東西，不要輕忽直覺，但也不要過度依賴直覺。必須保有最敏銳的自覺，才能判斷直覺的正確與否，或者說適用的時機點。直覺用在對的時刻與地方，就是好的直覺。但若是濫用或者無法辨識，再神奇巧妙的直覺，都是壞的，都會導致錯誤的結果。所以呢，武松要做的事情，是好好想清楚，究竟昨夜她做的兩個夢代表什麼。

武松記得，說書師李鬼曾講過一個故事：《黑塔》。裡面有一個叫槍客的人對另一個角色說了這麼兩句話，「你怕的不是外面的大世界，你怕的是心裡的小世界。」還有，「你走出了海洛因的陰影，也走出了你哥哥的陰影，有種的話就走出你自己的陰影。」李鬼當時還對所有聽故事的寶藏人解釋，海洛因是一種會讓人陷溺得不成人形的毒藥。

為什麼會有人想要服用毒藥？確實會讓部分寶藏人費解，尤其是那些在寶藏巖誕生與長大的本生寶藏人。但從超臺北搬移到寶藏巖的移生寶藏人，稍微能夠接觸到較高層級的人，像武松這樣的星魔之女，就會知曉，確實有人會食用毒品——實際上，以製藥工廠為主的廉貞星圈，就有生產一定數量的毒品，專供上層人物使用。

但重要的是，這段話的意涵，突如其來地在武松的腦中，轟然作響。因為，她的少女歲月就充滿了陰影，她的偉父是陰影，她的兄長是陰影，就連她的機械手臂也是陰影。

過去全都是陰影，過去全都是鬼魂。

偉父，那是所有星魔的子女從小就被告知、必須絕對尊崇的人物。她的父親。超臺北裡最偉大的一群人。十四星魔之一、且貴為上星魔的武曲星魔。而武松對那個人及他代表的一切充滿厭惡憤恨，更甭用說將她當作試驗玩物的武星子〇八七。

此外，在寶藏巖這樣一個沒有機械存在的世界裡，武松的手臂顯得突兀異常。這裡的金屬物，無非是鍋碗瓢盆那樣的日常用具，她的機械手臂是唯一例外，彷若侵入者。老林冲一再跟她保證並不是這樣的。但其實，武松心裡始終過不去。她總是渴望著，有朝一日可以移除這雙手臂，換回血肉雙手。可惜啊，那是癡心妄想了。她此生都擺脫不了這一對怪誕的機械之手。

但也許那兩個夢想說的話是一樣的呢？或許我不該心懷罪惡感，不該認為自己不適合這個地方，不該被內心的怒火燃燒得忘了自己已經是同一者，不該被過去的陰影糾纏得無所適從茫然失措。

我應該要找到自己，一個足夠完整的自己。

如果我可以，那個鳳眼男人會不會更想看著我呢？

武松的眼神迷離得如煙似霧。

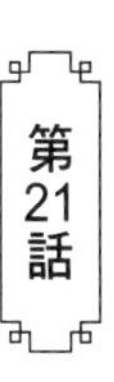

出發了，往超臺北的貪狼星圈，進擊。

在燕青高速操舟下，星火小隊渡過寶藏湖，穿越層層濃霧，抵達岸邊。她們一落地，就是師大路。她們全體將賜力注入耳目及雙腳，武松在前方帶頭，保持警戒，朝目的地奔去，二十幾分後也就到達。

星火們身上都披上了造像衣——這種賜具是由賜研組所製造，首先讓宣贊將地傑臉譜的能力施展出來，再請郭盛動用地佑杯，將能夠變形的賜力，儲存於賜研組準備的特製透明衣物上。造像衣無論是性別年齡、身形高矮胖瘦與嗓音，乃至膚色與眼瞳，都可以維妙維肖地模仿、變容。只要穿上造像衣，就能徹底地變成另一個人。

星火們一如往常的，各自變化為五種不同星圈的一般百姓——超臺北的衣物有著嚴格規定，透過顏色就能區分是哪一圈域的人。武松現在是穿黑衣的太陽圈人，單廷珪是穿白衣的太陰圈人，裴宣是著代表破軍圈的銀衣，凌振則是天府圈的棕色衣褲，林冲則是灰色長衣長褲的天同圈，跟上一回與猛獵小隊出任務時扮作的男性一樣。當然了，星火們現在的外表全都是男性。

這是林冲出動的第二次任務，仍舊是緊張，但跟上一回比較起來，心境上差了許多，更有自信，也更篤定一點了，不會慌得手腳放在哪兒、該怎麼使都不知道。她多少有經驗了，不過可也不會自滿。因為楊志、孫二娘以及猛獵們，總是告誡林冲，千萬不要掉以輕心。超臺北是凶險之地，任何潛入性的行動，都是若有不慎，就會如墮死域，而且還可能牽連到隊員。

林冲維持一定程度的戒慎感，好能夠在任何意外發生時，做出最即時的反應，但又不會過度緊繃。其他隊友們也都處於相似的狀態，她們平素裡做的各種鍛鍊，可不是白費的。

倒是武松隊長，該怎麼說呢，看起來有點不在的感覺。隊長從出發前就是若有所思的模樣，彷彿她的心智離去了，正徘徊在暗夜。然而，據說星火小隊從武松加入以來，百戰百勝，天大的危機都能化險為夷。

林冲實在不覺得武松會在行動時刻放任自己神遊，應該是自己犯錯覺了吧。

星火五人散入龍山國中，此地在貪狼圈外圍，早已是廢置的場所，房舍失修，磚牆剝落，荒煙蔓草，全無人跡，到處都是植物盡情生長的樣貌，腐朽的氣味四溢，蚊蟲肆虐。

她們躲在大樹後，屏息以待，每個人眼睛都閃閃發亮，全神貫注。

十一點五十分，星火們才需要離開國中，走向廣州街、南寧路的交界處。依照絕遇小隊的交代事項，那個她們需要接回的女孩，會出現在那裡。穆弘當時提到的絕遇指示，是擁有綠色眼瞳的金髮女孩。一個形象非常清晰的目標。

所以，她們先等待著。而時間很快就到了。武松點點頭，率先走出國中，其後是單廷珪、凌振、裴宣和林冲。她們分開走向兩街交會之處，那兒有一些酒館和餐館。武松已經安排好了，她會往凝視酒館去，單廷珪與林冲過街，分別去郵局小餐館和甘心酒館，裴宣和凌振則扮成酒醉之人，在路上晃悠。每個成員同時要全面警戒，但不能回頭張望，或是在眼神、表情露出端倪。他們要像是平常超臺北男性那般的無所事事，態度輕鬆。

星火們再度於耳目注滿了賜力，感官變得極度靈敏，只要有人對她們多看一眼，她們就會察覺，更別說是想要靠近她們了。她們可不想被埋伏、偷襲。星火五人的心神，已然進入最顛峰裡。

十二點很快就到了。

第22話

金髮女孩果然如時出現在街道上——

這將是一場硬仗！

武松感覺體內深處冒起陣陣的熱氣，從晨起就縈繞心頭的昨夜夢境，瞬間退去。她絕對專注於眼前，此時此地。因為，這一回的星魔軍陣容可不小哇。武松不清楚女孩究竟是誰，以至於能夠動員二十四名星魔軍護送，全部人都荷鎗持彈，他們除去在胸口處繡著圈徽的黃色軍服外，手臂上還綁著一個狼嘴臂章，意思很清楚，這就表示他們是貪狼星魔的直屬護衛隊，星魔軍裡萬中選一的殺戮人才。

帶頭的軍官衣物上是八個專屬於貪狼圈的渦形圖徽，意味此人是貪狼星軍的中頂階級。眾所皆知，星魔軍的分級有九級：上頂、中頂、下頂、上品、中品、下品、上階、中階、下階。而每一級的劃分都可以從圈徽上一目了然。一個渦圈徽，就表示是下階士兵，兩個渦圈徽就是中階，以此列推。而現場這個正在指揮部隊的星魔軍人，在貪狼圈中地位僅只在貪狼星魔、上頂軍官之下的高等人物。

那麼，星魔又如何呢？衣服上能夠有十個圈徽的絕對統御者，自然非星魔莫屬，而且不僅於此，胸口處還會繡上魔圖，也就是十四星魔的各自圖符。狼嘴，就是專屬於貪狼星魔的象徵。

是啊，武松對超臺北民服、軍服、星服可是知之甚詳呢，因為她少女時代就一直穿著那愚蠢至極的金色服裝，左胸且繡有電鋸的魔圖——對武松來說，最可笑的就是，即便是高高在上、宛如鬼神的十四星魔，依然得要穿上那該死的圈域色衣物，沒有例外。他們無論有多麼的霸道橫行、不可一世，都活在萬劫的規範裡，這不也跟一般百姓一樣毫無分別嗎？他們同樣會被某種東西限制住，得不到完全的自由，就像他們緊咬不放的權力，最後也會回過頭來狠狠撕扯他們的血肉。

往事，過去，陰影啊，總是迴繞在腦中，不離不散。

武松捏了捏拳頭，感覺金屬鋼鐵都牢牢地被自己的意志控制住。專心點，好好管住自己的腦袋，不要飄走。一丁點的疏忽，就會致命。雖然，武松本就不認為這是一個簡單任務，但說實話，直屬護衛隊的規模，還是遠遠超過了她的預期——一大群軍人，而且還是星魔直屬護衛隊，就可以見得貪狼星魔對金髮女孩的重視程度，那可是上上等的人貨。

街道上的人都好奇張望，星火們停步駐足也就不顯得突兀。武松一眼掃去，就在其他隊員的表情裡，瞥見了驚愕。如果沒有意外，她們想必都在思考，只憑星火小隊五個人，真能完成這趟任務嗎？那是不確定、顯得動搖的樣貌。

武松沒有表示什麼，視線很快就移回星魔部隊。開始看吧，認真看，好好觀察，思考，然後行動。而後，她很快就明白了，為何女孩這麼重要了，因為闖進武松眼中的是——一個絕艷的女孩兒，波浪般的金髮，肌膚白皙透亮，精緻的臉和五官，彷彿含著無限生機的雙眼，綠色眼瞳在白晝裡自成亮點——有句話怎麼說的，武松想著說書師怎麼形容那些武俠書的女俠，對了，眉目如畫啊！

待援對象的美貌毋庸置疑，老實說，武松隊上的單廷珪就長得教人驚豔，而這個金髮女孩絲毫不遜色，甚至更有一種世間罕有的尊貴感。而更重要的還在於她紫色衣物左胸處繡著針線圖案，意思是：這女孩是天相星魔的女兒！

第23話

少女滿眼的絕望，彷如這座城市滿空墜落的灰燼，也飄進了她的眼珠子裡。武松望著她，感覺像是看到倒影。過去的影子，活生生地化作實像。武松的心頭盈滿苦澀，有那麼一瞬間，金髮女孩的悲痛，扎扎實實地同步在她的心口。

武松很快就掌握到女孩所面臨的情況。道理其實很簡單，她的偉父，亦即天相星魔，把自己的女兒當作籌碼，送給了貪狼星魔——整個超臺北最為放縱肉慾生香的人。而就她所知，貪狼星魔甚至會要自己的女兒、孫女和媳婦侍寢，絲毫無所顧忌，甚至引以為豪，數度公開表示，這天下沒有他不能上的女人，只要是他想要的女人，絕無可能到不了手。

在這座城市裡，就算是星魔之女也改變不了被視為物品交易或贈送的命運。武松比誰都清楚這件事。不過，也有可能是天相星魔不得不讓出，以貪狼貴為上星魔的尊崇，他既然伸手要人了，天相星魔膽敢不給嗎？

所謂上、中、下等人，是超臺北社會的明確分級制度。上等人指的是軍人，當然了從軍的都是男性，而中等人是未能進入星魔軍的一般男性，下等人不用說了，就是女性，被當作牲畜一樣的勞動階層。至於七劫騎、十四星魔、十二凶獸則是超臺北的統御者階級，除去萬劫外，超然於三等人之上。武松對充滿絕對羞辱與惡意的如此體制，多年來有著無可遏止的盛怒。

有生之年，武松就想要破壞這一切！

怒氣與殺意迅速地堆壘在胸口。武松的紅眼瞳，像是要炸裂似的亮著。今天就要讓那個該千刀萬剮的傢伙和整個超臺北知道，就算是星魔，也有得不到的人。只要有武松、星火小隊在，任憑星魔權勢再大、戰力再狂，也都是無用的。

武松對星火隊員們微微點頭後，示意行動繼續——即便要面對星魔直屬護衛隊，星火們也絕無所懼。武松不再遮掩，大踏步走上前。她的眼神與姿勢，瞬間提升了隊員們的鬥志。

護衛隊的隊長，獨自騎著黃色鋼鐵馬，後頭是五輛漆黃的電機車，每輛有名士兵，再來就是沒有車頂的電汽車，當然也是黃色，女孩獨自在後座，前頭坐有兩名軍人，其後又是共十人的五輛黃色電機車，最後壓陣的是一位衣上繡著七個渦圈徽的下頂軍官。即便不看狼嘴臂章，單單是看這樣的陣仗，也就可以確知這絕對是星魔轄下最堅強的部隊之一。機械戰馬只有第一流的上等軍人，才能配給使用。而電汽車、電機車之類，比較是花俏的門面，實質意義不大。

超臺北雖說萬劫全福而仍舊是一座電之城，但主要是供應給各類工廠運作與民生所用，交通方面幾乎不需要使用電力。畢竟呢，超臺北的內部矛盾是很大的，圈域與圈域之間，有時候類同於敵對關係，檯面下各種動作不斷，只是沒有哪一個星魔敢公然發動戰爭罷了。在滅人的時代，城市每一條街道，都充斥著這樣的交通工具，但舉世絕滅後，超臺北人根本不需要講究移動的速度。每一星圈都只專注於自身的營生，所有的事務也沒有什麼急迫性。再加上這些金屬車輛的維修、保養都是不小的問題與花費，所以各圈域都僅保留載送物品的貨車，以及可以滿載士兵的軍車，總數也不過是十幾二十台。

護衛隊隊長還漫不經心地想著，不曉得能不能在星魔玩膩以後，也有機會狎玩身後的絕美女孩之際，卻見到一個太陽圈的平民百姓逕自朝著部隊走來。這人找死嗎？他冷睨來人，眼底很快湧現殺機。

這還不要中頂軍官震怒，後頭一輛電機車已迅速往前攔截，上頭是兩名中品軍人，騎車的那個怒瞪武松，正要大聲詈罵，痛快地顯擺一下威風時，話還沒有說出口呢，連人帶車陡然就被突如搗至的拳頭，轟得翻了開去——

星火作戰開始！

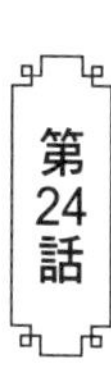

第24話

武松那一拳，打得電機車側面凹陷一個大窟窿，兩名軍人也摔得七葷八素。

她很清楚自身的狀態，那無可消解的磅礴怒氣，總是野火也如在內心的曠野中狂燃。而她也不得不承認的是，與其說想要守衛寶藏巖，不如講她的驅動力更在於摧毀超臺北。她對那座城市的恨意，遠遠高過其他。怒氣驅策著她。毀滅的意念常在其心。武松的腦中總幻想著那樣的一天，她舉起天傷棒，吸收著所有破壞的能量，一棒砸爛超臺北，讓星魔跟萬劫教全都灰飛煙滅！

那是一切都該被毀滅的城市。

武松的心底是這樣想的，而這其實違背了師傅的教導、寶藏巖的精神。她心知肚明。武松非常努力地抗拒體內怪物一般的深恨與狂怒。真正讓她困擾的就是那些從超臺北時期就生長在心中的陰鬱——濃郁的黑暗，沒有任何溫暖光芒存在的黑暗。那就像寒冷的冬夜，靜悄悄活著、擴張著，頑固堅硬異常，彷彿有另外的獨立意志不願意消離。而她從來沒有放棄，至今也還沒有對暗黑的意念屈服。

「敵人來襲！全員反擊！」中頂軍官當機立斷下達指令，且迅速拔刀斬下。一拳痛毆在電機車上，將車與上頭的兩名星魔軍人打得拋飛後，武松施展開罡煞拳法——她從罡煞九式中予以組合、變化出的個人式絕技。武松的罡煞拳法，就連創造出罡煞九式的朱武和武大都欽佩不已，他們認為武松拳法將罡煞九式的應用推到了最顛峰。此刻，武松一蹬步，跳前，雙腳落地，在機械戰馬前，她左拳畫圈，擋下長軍刀，右拳則正中擊出。

長軍刀在那人的肉臂上擦出一蓬火花，護衛隊長感到駭異莫名，他的軍刀可是純鋼所煉，是武曲星圈出品最高級的刀啊，怎麼對方的肉身之軀竟能抗衡？總不成目下這人啊是金剛不壞吧？

他還是匪夷所思之際，一股怪力怒砸在馬體上，緊接著他就翻騰了——是的，與方才部屬的下場如出一轍，如同被一輛高速行進的軍車迎面痛撞。唯中頂軍官的反射神經可好多了，空中翻滾後，仍舊可以安然落地，不顯得狼狽。

戰事一開始，街道上行人即刻逃命，怕被波及遭禍。

武松隊長一展開行動，星火隊員也有默契地予以配合——裴宣呼喊出地正盔甲，甲冑與字結合的奇異圖紋，在臉上閃現又隱。當她身上套好古老護甲之時，整個人立刻全然的鋼鐵化了。她往前狂奔，直接撞飛前方兩輛電機車。

與此同時，其餘貪狼護衛隊，慌忙中舉起鎗枝，開始掃射朝隊伍奔來的人。

裴宣任由鎗林彈雨暴射在身上，無傷無害。

她後頭緊跟的是凌振，雙手有著兩顆金屬圓球，名為地軸球。同樣的，她的臉面也短暫浮映了球狀的異紋——每個同一者在呼喊絕鋒之際，都會有各自的圖紋顯影於臉部。

凌振將右手鐵球朝空中擲出，朝她射去的彈藥，不知怎麼的，就往旁偏移，全然無法擊中，彷彿有個無形的坡道，在導引子彈飛去。隨後，凌振的左手球扔向了電機車上的軍人。

被鐵球砸到的騎車士兵，驀然地全身上下都有一股奇怪的力量，讓他不自由主地旋轉起來，完全無法控制——電機車當下就失控了，摔翻在地上。那名後座的軍人也跟著滑摔出去。至於騎車的那位，就在原地瘋狂地轉動，一副不死不休的模樣。而地軸球砸中敵人之後，瞬間消失無蹤，旋即又現形在凌振手中。

然後是單廷珪與林冲，她們倆負責解決護衛隊後方人馬。

呼喊出地奇瓢，水滴異紋於容顏閃逝的單廷珪，衝向了五輛電機車。護衛隊士兵紛紛舉起鎗，齊地射擊。單廷珪揮舞長柄木製的水瓢，忽然就有一大蓬水往外潑灑。神奇的還在後頭，穿過虛空的子彈，遇到了水花後，遽地悉數被溶解了——地面多了好幾灘水。不僅於此，凡是接觸到瓢水的，無論是電機車和士兵，全都部分被液化。一個士兵連鎗帶手化作液體，另一個士兵則是腳掌溶化，他們瘋狂驚叫，情景恐怖異常。

壓陣的下頂軍官，一邊拔鎗，一邊雙腳緊夾，令機械戰馬加速狂馳。

林冲的天雄矛在手，臉上是又像豹頭又像字的圖紋，短暫映閃，旋即消散。

林冲渾身的賜力流動不息，天雄矛發亮，旋即就噴出一道無形但龐大的能量，朝前方炸裂。

馬上的星魔軍人什麼都看不到，但身為軍人的直覺告訴他，事情大大的不對，也不及細想，立即跳馬求生。果不其然！沛然莫禦的無形衝擊波，居然一擊就將整隻機器戰馬轟得飛起，隨後倒地不動，顯然機件故障了。

面對踰越常識的強大攻勢，星魔軍人個個臉露懼色，驚惶不已。

第25話

情勢看起來一面倒，星火小隊的戰力，大大超過星魔直屬護衛隊的想像，猶如輾壓，超臺北一方完全沒有抵抗力啊！但武松很清楚，這終究是一場伏襲，她可一點都不覺得己方就是必勝之師。直屬護衛隊從來沒有想過有人膽敢在圈內強搶貪狼星魔看重的女孩貢品，這是前所未有的逆舉——說書師會怎麼說呢，對了，「太歲頭上動土」。而今護衛隊也只有手鎗、軍刀這類的基本配備，他們並沒有真的全副武裝，帶上比如狙擊鎗、連擊機關鎗之類的武器。

武松相當清楚，若然是貪狼星魔軍聞風而至，五百戰力團團圍攻之下，即便會有一定數量軍人陪葬，但星火覆滅還是必然的結果。賜力有窮，絕鋒有限。同一者不可能無止境的戰鬥下去，她們並非不知疲勞的機械。

在同一者的作戰守則，最強調的亦是速戰速決，決計不能掉入泥足深陷的局面。

三年前的貪狼一戰，要說是僥倖，也不為過。當時，貪狼星魔軍雖然調來了兩百人，然而他們對星火小隊是掉以輕心的，覺得殺雞焉用牛刀，再加上武松幾乎豁命似的反擊，尤其是最後一巨棒狂猛揮打，一舉震傷了一百名軍人，場面委實太過癲狂、難以置信，嚇破那些士兵的膽，這方纔震懾住星魔軍——畢竟，人在面對超乎過往經驗的事物，總是會驚愕得難以反應。

武松不過度高估自己，天傷棒的確具備極其強大的戰力，但從來不意味世間無敵。

老林冲教給她的基本態度就是，所有關於戰鬥的事，永遠都要設想敵方比己方更優秀。唯有做好更充足的準備與訓練，才可能在危機關頭死裡逃生，乃至驚奇一般的獲勝。

師傅這麼說過：「以少勝多的奇蹟，偶然才會發生的，絕不是常態。」

師傅語重心長的告誡，不曾在武松腦中退散，始終如新。

武松一心想要成為星魔軍的毀滅之王，唯她不低估政府軍的戰力。她一直刻苦鍛鍊自己乃至隊友，甚至想要更嚴厲地推動所有同一者、寶藏人，全員皆兵，夢想著能夠推翻殘虐凶暴的超臺北政府軍，以及萬劫教。

然而，那僅止於武松的內部想像，她並沒有換為實際行動。說到底也是她感到踟躕猶豫，全面戰爭真的是必要的嗎，真的可行嗎？以小搏大，妄自發動戰爭，是不是會一把將八百寶藏巖人推入地獄？

多年來，超臺北政府始終沒有把寶藏巖勢力定調為反叛軍，為什麼呢？理由也挺簡單，他們從來沒有正視過那塊邊陲之地——一座既無電力、也沒有科技與機械的荒島，加上成天都被濃霧籠罩的怪湖，憑什麼與超臺北為敵？

至於說寶藏巖裡的人有超乎尋常的能力云云，終歸民間傳說，一定是不實誇大的成分居多。在超臺北統御者、上等人的心中，寶藏巖那不過是一個小疣，連腫塊都算不上啊，完全用不著費事處置，就讓它晾在那兒吧，等到真的有迫切需要再快刀割除也不遲。他們有的是信心摧毀寶藏巖，區區一無電之地、荒蠻之區，何懼之有呢！

上頭階級如是想，底層社會的人，自然也跟著一塊蔑視寶藏巖——對超臺北人來說，寶藏巖人不過就是蠻人，沒有萬劫全福、沒有電力，也就是過著跟野人生活無異的悲慘世界，哪裡需要擱在眼底、放入心中呢？

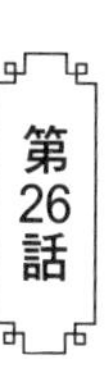

第26話

一陣兵荒馬亂後，直屬護衛隊終是受過精良訓練的部隊，緩過來後，也就有重整旗鼓的樣態。尤其是中間電汽車煞停後，前座兩名軍人拿出步鎗，跳出車，腳步站穩，直接展開對星火小隊的轟擊。其他未受傷的軍人，也爭先恐後地撲往敵人，即便同一者有著超乎現實理解的能力。但他們心裡明白，若是讓貪狼星魔屬意的金髮女孩被劫走了，他們的命鐵定不保啊！

中頂軍官高速地朝著武松衝去，瘋狂叫吼著：「殺光他們！」

天傷棒驟然入手，臉上浮現虎紋字異圖又退散的武松，也就有了一股萬夫莫敵之慨，乍然而生。戰鬥之時，決定勝負的因素有很多，其中之一就是氣勢。方才，星火小隊是猝然發難，佔了先機，但她們終究只有五人，不能久戰，必須盡快撤離現場。一旦敵人的氣勢鼓起，支撐到星魔援軍抵達，那麼就輪到星火小隊要陷入死亡危機了。是以，武松的首要之務，就是在十幾二十秒內，徹底摧毀直屬護衛隊的信心。武松主動迎向中頂軍官。

敵人跑過來的同時，右手拔出了手鎗，正面射擊武松。

武松揮動天傷棒，接下破空而來的彈擊，火藥的能量悉數被天傷棒吸收後，彈殼四散。她繼續往前衝。對方很快就射空了子彈。武松雙手旋轉天傷棒，持續吃下敵人的攻擊，金黃色棒子同時也變粗且抽長了一些。

護衛隊軍官眼神異樣，他認得那根怪奇的金黃棒子。三年前，一個五人隊伍闖進貪狼星圈中頂軍官的家屋，直接搶走了其女人。他當時也在現場，也是發動圍攻之際、最後被奇異金棒的能量擊傷的人。

那是貪狼圈域無比巨大的恥辱呀！

事後，貪狼星魔震怒之下，出手一口氣連宰了十幾名高級軍官，包含那個被奪走女子的中頂軍官，也當場喪命。護衛隊軍官能夠晉升為中頂階級，就是出於那一回星魔軍官折損太多，被貪狼星魔欽點拉拔上來的。他也記得，那會兒的持棒男人可不是長眼前此人的樣子，這是為什麼？難道有另一個人會使用同樣的兵器與妖法嗎？

武松推進得很快，衝到中頂軍官的身前，右手握棒，左拳朝其腹部一擂。中頂軍官棄鎗，雙腳急旋，轉了個身，讓開武松的拳頭，兩手握刀揮出，砍向武松頸部。武松以天傷棒防禦長軍刀，並吸收了對手揮刀的能量。軍人只覺得手裡傳來一種難能形容的柔軟感，好像那根棒子不是固體，而是液體？他還不能細辨之際，只聽武松冷哼一聲，腳步快踩瞬移，左拳繼續推到底，再切換成肘擊，直接砸中軍人的胸部。他登時被撞得飛退，胸骨碎裂，口嘴溢血，倒地昏厥不起。

而電汽車旁那兩名軍人火力強大，向身體金屬化的裴宣瘋射未果，但連續的射擊畢竟讓裴宣踏不出腳，凌振與單廷珪也只能暫避火線，躲在裴宣身後。武松解決軍官後，立即雙手將天傷棒舞成密不透風的棒網，直接截進彈擊射程與裴宣之間，讓天傷棒吃下那些狂射的能量，金棒頓時又粗大了許多，棒圍業已脹至一個拳頭之大。

隨後，武松猛然一躍，棒影吞吐幻化，天傷棒往前方急送，一股龐大威能炸進平空，平地颳起了一股風暴，將持步鎗掃射的軍人吹得是東倒西歪，有好幾個更是直接暈厥。武松旋即搶進，天傷棒消隱，化為烏有。武松以雙拳狠狠側掃臉面，骨裂聲響起，敵人倒地。

第27話

武松拳棒合擊，瞬間就瓦解了敵方攻勢。

後方的林冲也沒有閒著，她的天雄矛舞得虎虎生風，教人不得近身。

對陣的下頂軍官方才見識過林冲之矛的震波何等恐怖，但又不能就此逃離戰場，畢竟貪狼星魔的兇殘統御深植貪狼圈人心中。他積極搶進，與林冲展開近身搏鬥，兩手各執一把短軍刀，又刺又劈，展開一連串綿密突擊，刀刀鎖定林冲要害。

已熟練罡煞九式的林冲，並沒有被星魔軍人的殺人技所放倒。她迅速調整握矛的位置，雙手改放在更接近矛頭的矛柄位置，以短拚短、以險搏險。敵人的判斷滿快也挺準的。天雄矛的衝擊放出，如果距離太接近，林冲也會被殃及。這或也算是她與天雄矛的弱點吧。然而，罡煞九式可彌補這方面的缺漏——罡煞九式足以稱之為將人體攻防術凝練到最精簡的技藝。再加上有賜力傍身，同一者的武力值也就飛躍性提升。

賜力存有兩個面向：一種是生命能量的積蓄、鍛鍊與使用，就像說書師在講述滅人時代武俠書裡提到的氣或者內功，那是能夠超越肉身極限的絕妙祕法；另一種則是經由絕鋒釋放的特異能力——每個同一者有著各自的絕鋒，鋒擁是與內在的絕鋒同化的過程。奇妙的是，原本只是強化身體能力、反應與速度等等的賜力，只要經過絕鋒施展後，就會轉化成每一位同一者的不同能力，這個部分就滿像林冲很喜歡的滅人時代漫畫《獵人》的念能力。

貼身近戰，那是拳拳到肉、步步皆險。林冲加入寶藏巖以來，日日苦練，且經歷了三個月前一場大戰，已脫胎換骨，對戰鬥雖不能說是駕輕就熟，但也是半點無懼意，行雲流水，反應飛快。

眨眼之間，林冲就跟敵方過招數十了，矛走龍蛇，總是能從意外之處鑽出來，擋格對方的雙刀，並予以反擊。那軍人對己身的格鬥技素來有自信，沒想到與這灰色衣物天同男子短兵相接，居然占不了絲毫便宜。

林冲渾身上下是賜力，肢體自然能夠做出各式極限動作。她一個跳竄，矛尖指向敵人的喉頭，矛身順勢格住短軍刀，同時左膝一抬，頂往敵人腹部。也不過是幾分鐘的事，然則如許的貼身肉搏，爆發力與持久力缺一不可，那軍官終歸是血肉之軀，漸漸跟不上林冲出招的節奏，雖避過了劃頸的矛尖，卻被膝撞頂得感覺裏頭的胃都要從背後射出了，劇痛入襲，手腳一軟。而後，林冲一個快轉身，矛尾一擺，甩在星魔軍人的臉面上，也就炸開堅實的暗黑，敵人頓時倒地，昏死過去。

獨力對抗下頂軍官，且不是展開天雄矛的震波將其解決，甫滿十五歲的少女，對自己也就添增了許多的自信——她不會拖累隊友，她是可以有貢獻的。且這一戰讓她對自身戰力與絕鋒使用，有了嶄新的理解。

其餘電機車上士兵，皆不是單廷珪、裴宣和凌振的對手，全數被擊倒。

武松俐落地發出指令：「裴宣抱起女孩。」

裴宣照辦，走到電汽車旁金髮女孩呆坐在車內，還沒有反應過來，目下這一切究竟怎麼回事之際，裴宣已然穩穩地抱起她。

「單廷珪領頭，凌振隨後，裴宣在中間，林冲跟我斷後。撤。」武松說。

星火小隊全員開始急奔，脫離現場。

第28話

星火們將賜力轉入雙腳，飛快馳騁，打算全力跑回寶藏巖。

金髮女孩被抱在裴宣的雙手中，幾乎沒有感覺到震盪，非常穩定，像是滑行，路邊的風景一直在後退，從眼旁朝後方高速掠後。她心底有著極大的不安，腦子裡都是疑問，但情勢發展之快，讓她震驚得幾乎不能反應過來，尤其是五人組的可怕戰力，居然在面對鎗砲與二十四名直屬護衛隊的劣勢下，卻能於極短的時間內就予以攻破，委實讓天相星魔之女駭然，畢竟那太超乎現實了啊！

眨著綠色眼瞳的金髮女孩，抬頭望定抱著她的銀衣破軍圈男人，漸漸的，心中就沒有了慌亂。主要原因就是他方才開口說的一句話，那是充滿溫暖的嗓音：

「我們來救妳，放心吧，會很安全的。」

聽起來好像不像在說謊，畢竟何必呢！他們的本事這麼大，有需要瞞騙她嗎？她不過是一個女孩，不過是一個禮品罷了。這五人組是哪裡的法外之徒，甚至叛軍嗎？但金髮女孩可從來沒有聽過超臺北有這樣的人——小盜小賊應該有吧，可是膽敢跟政府軍隊抗，在十四星魔地盤恣意忘為的狂徒，她聽都沒有聽過。何況，還是從最凶狠殘暴的貪狼星魔嘴下，搶走自己，怎麼想都沒有人會傻到與上星魔作對吧？

金髮女孩一點都沒有想要反抗的原因之一，是她很明白再怎麼樣下場都比落到貪狼星魔手上好。一想到惡名昭彰的那位上星魔，她就感覺到寒意激生。她左手下意識地放在左胸，用力地按住。那裡有她身為天相星魔之女的證明。如果到了貪狼星魔的大宅，這身衣物就要被奪走了。她就得換上黃色衣裝，針線樣式的魔圖也必然要被摘掉，就再也不是一個有獨特身分的人，而就單純貪狼星圈的一名下等人，一種玩物罷了。

她很難禁忍心底有那麼一絲期待——會不會這些人是她的偉父派來的？雖然她不認為下星魔會有想要跟上星魔抗衡的意念，特別是偉父說送人就送，儼然丟棄一樣，毫無憐惜，做出如此決定後，也從未找她談過。但也許，也許偉父還是捨不得的啊，所以才派出祕密部隊來拯救自己，難道沒有這種可能嗎？尤其是五人組合裡，完全沒有穿紫色衣物的，這算不算證據？還是一切都僅止於自己的癡心妄想？

偉父再怎麼樣也是一名星魔啊，不是嗎？搞不好他設法爭取到了聖赦部的仲裁，也說不定啊？或許，她真的是唯一的例外，被偉父牢牢擱在心裡頭的寶貝女兒。她曾經感受過的寵愛，不可能就那麼輕易煙消雲散吧？總會留下一些真情實意吧？

金髮女孩心念飄閃之際，星火小隊已經奔過了好些街道，更接近了寶藏巖。她們在和平西路持續狂奔，重慶南路已然在不遠處。武松未下令隊員們解除絕鋒，同一者們仍舊保持警戒狀態。危機還沒有過去，必須到了寶藏湖，才能算是安全的。那兒，有燕青的舟艇在湖旁等候，預備接她們回島，也還有楊志的活霧，可以隨時做出支援。現在鬆懈太早，只要她們身處超臺北的每一秒，都必須視為險境。

星火小隊在重慶南路右轉，奔了一小段，而後左轉，切進汀洲路。按照她們原先的路線，一路到底就是師大路了，寶藏巖已在望。一路無話，每一個成員都保持最高度的警戒，五官敏銳異常。

武松對自己的隊員十分滿意，她們都展現了作為一名戰鬥人員最好的專注姿態。新進的林冲也完全跟得上，不負所望。在老林冲離世後，星火依舊是同一者裡戰力最強的小隊。

師傅交給我的棒子，我有好好接下啊，並沒有丟了師父的臉。

就在此時，地面隱隱約約傳來震動。

第29話

無須張望，武松就知道敵軍來襲，而且是大批兵馬，分了三條路線過來攔截。後方有一大隊，左邊的南昌路，與右方的水源道路，也都各有一批。賜力令得她的耳朵靈敏得足以聽出來三支百人部隊的逼近與分布。他們的移動速度頗快，約莫幾分鐘吧，兩方應該會在汀洲路與同安街交界處遭遇。這一次，貪狼星魔軍的集結行動變快了，馬蹄聲和車的轟隆聲交織著。

這是出乎意料之外的變數，星火小隊得要準備反擊、硬戰了。

星火小隊其他四名成員，也都掌握到敵軍來犯的事實。

武松當機立斷喝道：「做好迎戰準備！」

她一邊加速跑到隊伍前頭，預備直接殺進星魔軍隊裡，一邊發派指令：裴宣的任務沒有別的，就是要好好地護全金髮女孩，她的位置被放置在行伍正中央，而凌振在左翼，單廷珪在右翼，林冲在後方。

裴宣對綠眼金髮女孩輕聲細語：「別怕。我的盔甲會保護妳。妳很安全。」

她將女孩改負在背後。同時，裴宣背部的金屬隆起——地正盔甲又開始變化了，像是某種軟膜，抑或是被熔化的鋼鐵在流動，旋即組合成繭狀，很快就把金髮女孩包覆其中，乍看就像是背著厚殼似的。

一轉眼，金髮女孩察覺到自己好像被放入一個金屬箱籠，雖然什麼都看不到，但她沒有擔憂或難過感。事情實在進展得太快了。而且，在破軍銀衣男動作之前，女孩也聽到了鄰近街道傳來的喧騰，看來是貪狼大軍來襲！

武松右手握緊天傷棒，預備衝鋒。她們需要破陣，回家的路就在前方，而星魔軍隊是阻礙。路口，已見左邊南昌路軍隊的身影。武松可不想讓他們有整頓擺陣的機會。星火們必須瞬間突破而去，決計不能讓星魔軍完成包圍。武松要扮演的是必殺箭鏃，瞬息就得穿心。武松深吸了一口氣，賜力高速流轉全身，肉體變得更強壯、更堅實，雖然不及於她機械手臂般金剛不壞，但也足夠抵禦一般衝撞和傷害。

雙方的速度都極快無比，轉瞬相遇。

武松看見，軍隊前頭是二、三十匹黃色鐵騎。她往前蹬跳，左拳猛力揮出，硬是揍飛前方一頭機器戰馬。馬上人當然被巨力撞擊得手足失措地騰空飛起。星魔部隊前腳才抵達、想著要布陣，卻出奇不意的有人直闖而來，勇悍無匹的氣勢教人膽寒。但仍有幾名騎官反應極快，舉鎗射擊。武松右手伸直，賜力極速流轉，而天傷棒彷若存在意志，自行在手掌中瘋旋，形成棒盾，完全吸食子彈射來的破壞性能量，棒體霎時擴增，大了好幾公分。武松推著天傷棒，狂暴絕倫地撞進軍伍之間，巨響炸裂，又有六、七匹戰馬被天傷棒釋放、滿空彷若無形彈藥的能量，轟得東倒西歪，敵軍陣形凌亂不堪。

緊追在後、星火隊伍中間的裴宣，猛一推動賜力，令絕鋒展開新的變異——在她的雙拳位置，包覆更多的金屬，外型彷似錘子，瞧起來比武松的機械手臂還要兇暴。不過，身上其他位置覆蓋的金屬，比如大腿、小腿處，看來似乎稀薄了一些。地正盔甲的金屬量是一定的，裴宣可以任意地調動與配置，但總數是不動的。換言之，裴宣的雙腿，這會兒防護力就減弱了。

裴宣使上了武松親自傳授的罡煞拳法，鐵鎚之拳勇悍絕倫地朝前方擂去，狂野的拳風凌厲無匹，兩拳各別打裂了四鐵騎，其巨力令馬上的八名騎士毫無阻擋之力被拋飛老高。

跑在裴宣左翼的凌振，擲出兩顆地軸球，霎那在空中解體，變得細小化，化為幾百粒圓形細屑，散落一地，滾往機械鐵馬的腳。可以發揮迴轉特質的異球，使得十幾頭鐵馬和騎士當下莫名原地打轉起來，完全不受控制。

右翼的單廷珪呢，則以地奇瓢朝襲來的星魔軍騎兵下方，潑灑出一蓬又一蓬的水液。十幾匹戰馬的四蹄，瞬時融化，當場滑摔滾翻，騎士也悉數被甩下馬，發出沉重悶響。

貪狼星魔軍第一支殺來的隊伍，不過轉眼間，就亂成了一團。

從水源道路轉來的第二支貪狼星魔部隊，只見得己方兵馬才一遭遇，就像是毫無抵禦力地被摧枯拉朽了，星火小隊已然破進其中。而後方還沒有追上的第三支星魔軍伍，則尚未見得蹤影。但指揮軍官也不得不咬牙硬上啊！

第30話

守在小隊後方的林冲，心智無比清晰地迎戰第二支貪狼軍的前頭部隊。

認真講起來，天雄矛跟天傷棒的性質，是有些相似的，同樣是發射爆炸性的能量，但天雄矛沒有天傷棒那樣承受吸收吞食敵方攻擊的能力，但只要林冲賜力透由矛尖送出，就是無可抵禦的震波。相反的，天傷棒能夠儲存敵方攻勢的破壞力，但它的限制條件是，一旦武松施用棒內的能量後，天傷棒就回復原形，必須等到吞食、釋放他人的能量，方能再有殺傷力。

換句話說，天傷棒本身並沒有攻擊力，若是武松以它打擊敵人，那是毫無傷害力，完全是被動的絕鋒，主動性遠遜於天雄矛。武松賜力顯現在絕鋒上的特質，與郭盛的地佑杯比較接近，一個是對傷害的吸收並轉嫁，另一個卻是單純的儲存能量。

林冲眼神凜冽，天雄矛在握，賜力流轉不休。她計算著，必須將天雄矛蓄積的衝擊，在能夠造成最大傷亡的那一刻發出。戰場上不能有片刻的猶豫，必死的覺悟湧起——

死亡不會寬待任何一方，死亡是平均的，誰都會死去。

它就像最深沉的陰影，始終跟生命站在一塊，等待著完全吞噬的機會。

林冲並不想要去擁抱和享受殺戮。她從來不是著迷於暴力與毀滅的超臺北人。但任何一點的遲疑，都會讓死亡找到空隙，吃掉自己，也吞掉星火小隊跟金髮女孩。因此，林冲精神抖擻地準備毫無保留地痛擊敵人！

幾頭黃色機械戰馬與騎士，很快進入天雄矛的攻擊範圍。林冲掌握到那一轉瞬，矛身一抖，金黃豹紋毛巾飄揚，青銅矛頭直指虛空，一股龐然狂野的衝擊，破空而去。無形的能量，發出強勁的咆嘯聲。

騎兵們舉鎗要瞄準之時，震波已至，被正中目標的戰馬，立刻身首異處，三顆馬頭拋起，機液噴灑，馬胸與馬肢碎裂，馬上之人也就摔落，重跌得七葷八素。而後，林冲橫掃天雄矛，劃開了弧形的衝擊，又放倒了兩頭機器戰馬。

貪狼星魔軍就算有最好的鎗砲彈藥，但仍舊是血肉之軀啊，根本不是絕鋒的對手。機械戰馬確實是相當高的戰力，有著極佳的防護與攻擊力，無奈他們遇到了同一者，尤其是林冲手中那柄破壞力驚人的天雄絕鋒。

此刻呢，林冲儼然如入無人之地，一邊有餘裕的後退，一邊或掃擊或刺打或噴發震波，星魔部隊全都難逾雷池半步。只要天雄矛的衝擊威能發出了，就必定有騎兵落馬、鐵馬倒趴或碎裂。

於是，匯聚的兩隻星魔軍隊，就像是糾纏難休的線球，行動大打折扣。

星火小隊持續快速推進了幾十公尺，貪狼星魔軍無法招架她們的強悍與奇異能力。前有武松能夠吸收任何攻擊的天傷棒，累積後再予以反擊，中有裴宣不壞不毀的金鋼之身，右有單廷珪不斷潑出無孔不入、無體不溶之液的地奇瓢，左有凌振地軸球分解的微小細粒，令敵軍瘋狂打轉、自亂陣腳，後有林冲的天雄矛壓陣，一而再、再而三激發出裂碎之力的震波——

僅只五人的星火小隊，儼然是一支超級勁旅！

賜具——活用同一者的賜力，將之工具化的獨特裝置——也不過是這六、七年間才有的技術。主要是賜具師們，即周瑾、宿元景、楊戩、趙譚、鄭屠幾位，所開發出來的新型設備。他們所組成的小組，就叫賜具研發組，簡稱賜研組，如隱神液、自速板、微火棒、明火燈等等，無論是適用於戰鬥，或者方便生活中使用，全都是他們的精心製品。

如今，星火小隊所穿的造像衣，亦為賜研組的傑作。造像衣的製程，相當費工夫——實際上，任何一種賜具，都讓賜研組、賜具師們傷透腦筋，心力之窮盡不在話下。造像衣的來源有二，一是宣贊，另一則是郭盛。

宣贊的絕鋒，名為地傑臉譜，顯形時為白色、沒有五官的面譜，只要她瞧過的人臉，都能重現，連記憶中的臉孔，也能予以複製，當然就精細度不如直接正眼看著施行變形的唯妙唯肖了。而設若宣贊能直接碰觸對象，甚至連嗓音、身高體型在內，亦能變出來。易言之，愈是近身接觸，偽裝他人容顏形貌、身體的細節，就愈是無有破綻。不過，僅止於外形變異，記憶、情感之類的內部心理活動，就在地傑臉譜能力範圍外了。

而每一種賜具都需要動用的是，郭盛的地佑杯。其絕鋒有儲存的特質，舉凡自然現象，風雨雷電雲霧水火，抑或能量、聲音、氣味等等，她都能有效封存。唯實體之物，地佑杯就毫無作用，跟朱富能夠收納物體的地藏巾不同。也就是說，地佑杯只能儲存無形之體。如明火燈就是郭盛將魏定國地猛爐造出的火，積存於燈具內，每一盞都可以使用長達十餘天之久。賜具的原理大體如是。

造像衣是透明的材質，且在雙面都存封著變體易容的地傑臉譜能量，換言之，正面有一種變體，反面也有一種。每一面都至少能夠持續三個小時。賜研組會先請五名寶藏巖裡的男性穿上超臺北星圈的民服衣物，讓宣贊觸摸，令絕鋒發力進行複製，再輪到郭盛的地佑杯上場。畢竟，不可能真的捕捉超臺北男性到寶藏巖，又或是讓賜研組、宣贊和郭盛深入險區進行製作，所以，也只能讓寶藏人喬扮超臺北百姓。

製作造像衣的反面時，就再讓另外五名寶藏男穿上軍服——配合本次行動，主要是貪狼星魔軍的黃軍裝——同樣是宣贊複製、郭盛再封存的過程。賜具師會根據每一次同一者小隊的不同行動，預想、推敲她們的需求，特別製造適宜的造像衣。

造像衣是全身連裝，從頭到腳連體，有頭套，也有腳套。換句話說，它是一種密封式的衣物，穿脫相當麻煩，得要整個人套進去，最煩人的部分，就是連鞋子亦要塞入鞋套裡。那滿需要一點時間穿戴的。賜研組盡力將造像衣做得輕薄、寬鬆和堅韌，不會妨礙一般的動作，而且也盡量顧全到透氣性。但實穿時，身體悶在裡頭，仍舊容易全身泛汗，時間一久呢，真是黏膩難擋。

林冲這是第二次穿著造像衣行動，先前那次與猛獵小隊出擊，也穿了造像衣，但基本上就是走路而已，並沒有真的開戰，且一拿到施老師所需的物件，離開七殺圈後，就脫掉了。

這回星火小隊的任務，可就截然不同了，在奔馳著的狀態下，又與星魔軍戰鬥，才一會兒功夫，整身就濕透了，不獨是她，其餘星火們亦然如此。但戰事還在繼續，她們都沒有浪費心思在黏體難受這件事上。

因為，情勢的凶險，似乎愈來愈甚！

第32話

武松領頭，沒有任何停歇地持續衝撞前方——第一支星魔軍的騎兵群，被星火小隊一輪猛攻，已零落瓦解，毫無反擊能力。貨車上的星魔步兵正跳出，在整軍中。天傷棒換到了武松左手，她右拳捏緊，預計全力痛擊載兵貨車的車頭，以機械手臂的剛硬度，絕對能夠捶出一個大窟窿。她相信，憑藉著星火小隊的戰力，全速衝刺的話，想必能夠疾風掃落葉地收拾掉那些士兵。

而在騎兵與貨車之間，有四頭黃色鐵騎矗立，比一般慣見、長一百八十公分、高一百四十公分的機械馬還大，眼前的這四隻看來有一百八十公分高，身長恐怕足足達兩百三十公分，相當巨大的戰馬。

另外，馬額上有狼嘴魔圖，也就是代表這是星魔直屬護衛隊專用的鐵騎——早前她們所對戰、護送金髮女孩的部隊，亦沒有這樣的高規格戰馬——他們身上的黃色衣物都繡著九個渦圖徽，亦即這四人是上頂軍官，星魔以下的最高級上等人。

最教武松驚疑的是，馬上四人全經過機異化，就像她，是的，就跟武松一樣。

第一名騎士兩隻機械手臂的腕部上，植入三十公分長的鐵鉤與鋼刀。第二名騎士是有一對鋼鐵手掌，且十指變成十支鐵管。第三名長得更怪誕了，顯然整個嘴部、下巴都被改造過，口部做成噴射器。第四名騎士的背上，則有一對機械羽翼。

武松即刻感覺到危機，某個直覺射穿了她——這是設計來擊倒同一者的機異戰士。

確然如此，武松的直覺沒有差錯。眼前的這四人呢，是貪狼星魔麾下的絕密部隊，地位淩駕於一般直屬護衛隊，他們是魔圖戰士，被貪狼星魔命名為：群狼。為了創造那七頭狼，貪狼星魔可是付出相當大的代價，幾乎是星魔軍半年度的預算哪。

武松不曉得的是，群狼的成立，可不是為了別的同一者，單單就只是針對武松而來。三年前，星火搶出單廷珪的大戰，被貪狼星魔視為畢生恥辱，他素來就是睚眥必報，一心想要消除那樣難堪的敗戰紀錄。貪狼星魔下令必須拿出辦法，不惜耗費巨資，研究出戰士裝備與戰法，要將那犯罪者生擒，好讓星魔本人享受折磨敵人的天大樂趣。

貪狼星魔軍透過大量的情報收集——畢竟，星火小隊執行救援任務，好幾次都與各圈星魔軍有過正面衝突，所以，也就大致能弄清楚武松天傷絕鋒的特質，以及如何運用。

貪狼星魔可自豪了，認為他的群狼，遠比終截局那十二凶獸，還要出色得多。而自有群狼以來，兩年了，他們從未出動，就等著當時的持棒男子，再臨貪狼星圈。如今啊，就是驗證成果的時候了！

群狼雖然沒有到齊，另外三匹狼也正在趕來的路上，但這四名魔圖戰士，對自個兒都極具信心。他們經過改造手術，進行機異化，經歷各種殘酷訓練，就是在等待這一刻，向他們的主子提出直接的證據，一切的投入都是值得的。

而武松並沒有自大到覺得自己沒有任何弱點。實際上，他很清楚天傷棒有一處致命傷，她不心存僥倖。萬物皆有極限——這是永無信仰的觀點，也是老林冲再三告誡過的。

也許是她的自覺錯了，也許真的是想得太遠了，但武松並不想冒險。

當下，武松做出了一個教星火們都備感莫名的動作。

武松不往前奔跑、衝陣，反而急轉了個彎，硬是往左邊切入，右拳連揮，將幾名摔下馬、正在爬起的騎兵，再毆得凌空飛起，跌地痛嚎。而後，她直接撲進一棟牆面長滿樹藤植草的三樓建築物，撞碎了門口那些蔓延粗厚的藤蔓，進入樓內。

星火小隊全都緊隨在後。她們相信武松的決策，即使並不清楚為何突如有這樣的轉向，不過，她們亦看見了那些機體人，想來與此有關吧。凌振、裴宣、單廷珪和林冲悉數跟進。

她們闖進了如黑暗之嘴的門口，踏入暗影密布的廳堂。

只是一道靈光，無所依仗的念想，但武松還是選擇相信。因為，她聽見細語——

小心。小心四匹狼。

狼？是指那四名機異化的星魔軍人吧。武松很快反應過來。她聽到了靈魂的聲音。那是細語，是每當危急之時，就會倏然湧上心頭的話語，直接在她腦底，如若閃電一般的照亮。

從體內生出來的啟示。個人的神諭。神祕的奧援。

前進。為了完成自己而前進。到陰影裡去擊敗陰影。

被屋內的黑吞落之際，武松就有了想法，她只有一點時間可以布局。如果在空地作戰，她們會屈於劣勢，因為，其他的軍人會包圍過來，只要那四名騎士能夠拖住星火小隊片刻，她們就要全盤皆輸了。武松得盡力避免圍局的發生。

面對自己。面對那些與妳一同的陰影。願永無如是我心。

武松用最快的速度脫下她的造像衣。同時，她下達新的指令：「凌振，在門口布置一些地軸小碎球。」緊接著，又說道：「脫下造像衣。換面穿。女孩也讓她穿好。」簡潔有力的發言。

沒有時間了，要快。

星火成員們立即照辦，沒有任何廢話。她們都曉得時機危迫。

凌振立即在門口撒滿碎球，只要有敵人闖進來，包準打旋撞成一團。

所有星火成員都開始脫下外頭的造像衣。裴宣把背上的女孩放下，並把收在衣服裡的造像衣遞給金髮女孩。星火小隊多帶了一件，以防萬一，今趟，果真要派上用場了。女孩大感錯愕，尤其是五人組將衣物卸除後，忽然就變成了女性，從身高到體型、年齡全然地劇變了，有赤瞳短髮、帶著煞氣的女性，也有褐髮黑膚少女，還有艷麗無比、十分醒目的白髮紅膚女子——

這究竟是怎麼回事呢？眼前的變化，女孩難以理解。

露出真面貌的裴宣，柔聲地講著：「我們要帶妳遠離地獄。相信我們。穿上它吧。」

女孩感覺到她的真心誠意，綠眼睛靈動絕倫，很快就露出了決心。她接過裴宣遞來的透明衣褲。她沒有地方可以去了。只能跟著她們了。重要的是，這些人都是女性，無論如何，都比貪狼圈的人，更值得信賴吧。

她們穿著方便行動的運動衣褲和球鞋，樣式不一，顏色也是五花八門，難以辨識究竟是哪一個星圈的人——不，金髮綠眼女孩忽然生起明悟，這些女性們應該不是超臺北人吧。

武松將造像衣摺疊好，塞進口袋裡。造像衣穿脫很費時間，但她們還有時間。外面的星魔軍，定必會做好布陣，將所有出入口都堵實，確定她們無路可逃，才以輾壓式的軍力攻進來，就像說書師講過的，來一個甕中捉鱉！

「隊長妳？」單廷珪卸下造像衣，將之翻面，正要穿起時，注意到武松的怪舉動。

「妳們變成星魔士兵，躲在暗處等著。我會負責引開她們。」

單廷珪的動作停頓，「妳要獨自一人應付星魔軍？」

武松沉聲道：「把造像衣穿好。不要停。」語氣裡是不容反駁的堅決。

單廷珪慌忙地繼續，但臉上不禁流露憂心之色。其他人也是面面相覷，大覺不妥，但一時間又想不出什麼好的主意。武松顯然是盤算著要扮演誘餌，鉤住星魔軍追兵——這是再危險不過的行動。

武松有著強大的自信：「妳們走，先把女孩帶回寶藏巖。我隨後跟上。」

星火們當然熟知隊長的本事，可是只有一個人，面對幾百星魔軍？剛脫掉造像衣的林冲，立即說道：「隊長，我跟妳一起吧。」

武松皺眉。

單廷珪旋即附議：「讓她跟吧，隊長。」

如果能夠，單廷珪其實更希望是自己陪著武隊長。但她也很清楚哪，以絕鋒的戰力來說，地奇瓢遠遠不及天雄矛。有林冲幫忙，至少隊長不會是孤自作戰，好歹有個照應。

妳需要天雄矛。妳需要她。

武松骨子裡有一種孤冷漠寒——那是在武曲星圈從小養成的性格。一向以來，她都是獨自奮戰過來的，下意識她就想要撇除林冲的建議。武松正要拒絕時，那個靈魂之聲又說話了。

武松遲疑了一會兒，她不確定這是不是可以，如果只有她自己，應該更能夠對付所有變數吧，至少不用照顧少女。但裡面的聲音，也許是前一代武松，也許是永無，卻不作如此想。

她不是困局。林冲是助力。相信她。相信同一者的共體。

恢復了原來樣貌的武松，一雙赤紅眼瞳，異光閃動地凝注著林冲。林冲眼目裡是堅毅，顯現著一名戰鬥者該有的決心與覺悟。

「妳留下。」武松爽快地做出結論。

第34話

武松跟林冲脫去造像衣，回復了本貌，抹去臉面頸子等處的汗液，讓身體稍微清爽一點。其餘成員，則都化身為貪狼軍士兵，包括那名天相星魔之女，相貌各異，但同樣都是黃色軍服裝扮。

武松對星火成員囑咐：「妳們保持安靜，潛伏在一樓暗角處，星魔軍一攻堅，我跟林冲會重創他們，盡可能讓局面愈混亂愈好，以作為妳們的掩護。同時，我們也會把他們引往高處，妳們就趁機假裝傷者，往外頭撤退。在我們的牽制下，星魔軍應該不會立即發覺人數不對。妳們找到機會就要趕緊離開，絕對不要有任何遲疑，立即遠離這裡，聽清楚了嗎？」確認單廷珪、裴宣、凌振三人都確實瞭解後，武松轉頭直視金髮女孩，語氣緩和：「不要說話，只要跟著她們，她們會全力保護妳。」

星魔女毫無猶豫地頷首，表示明白了。眼前的短髮女子，具備難以抗駁的威嚴，但也教她萬分安心，有一種只要聽從她的指示就沒有問題的安心感。尤其是她的一雙紅眼瞳，簡直像是兩團漂浮在臉上的火焰，如神似魔。女孩又敬又懼。

武松最後把視線移到林冲，沉默著。

林冲回望武松，神情堅毅無畏。

好半晌後，武松才道：「師傅把妳交給我，妳的安全就是我的責任。」

林冲靜靜地聽，眼神專注。

「我會用盡全力，反擊貪狼星魔軍。妳要緊緊跟著，絕對不能離開我超過一公尺。」

林冲點頭。

定定瞅著林冲的雙眼，在那裡面的深處，武松彷彿可以瞧見自己師傅的靈魂。

我相信天雄矛，師傅，我相信妳在這裡，從來沒有離開。

我會保護她！師傅，我會保護妳所遺留下來的心靈！

「我們各有五顆迷霧丸，準備好，緊急時刻會用到的。」武松說。

林冲拍了拍運動衣的口袋，表示沒有問題。

單廷珪插嘴道：「我們的迷霧丸，妳們應該也要帶著。」

武松沉吟幾秒後就有所決定：「妳們各自拿兩顆給我們，自己留三顆。」

單廷珪、裴宣、凌振從口袋裡取出兩顆，總共六顆，再平分給武松和林冲。

「妳們去躲著吧。他們差不多也該攻進來了。」武松揮手。

星火三人帶著金髮女孩退向暗處。

這棟荒廢大樓，室內也蔓生著各種樹藤，挺適合躲藏。武松等到她們離開門口處後，轉頭望著深處，賜力凝注於雙眼，穿透了濃厚的黑暗。她發現這裡極可能是圖書館，因為有不少的桌椅，也有書架，大多數地方都被植物生長給覆蓋住了，散落著少許書籍報章，當然了，也都有被各種蟻蟲鼠類蛀咬的痕跡，而且，腐爛味瀰散遍布，一陣噁心感像是掃射的子彈，衝進鼻裡。

星火們立刻以賜力阻絕掉嗅覺，讓鼻子的功能停止，否則再過一會兒，搞不好就要吐出來了，只可憐那個金髮女孩就得忍耐一下。武松思忖著，不知道以前猛獵小隊有沒有來過這裡找書？或許返回寶藏巖後，可以跟她們提一聲。

武松快步移動，確認了樓梯在哪裡，又折回門邊。

「他們一衝進來，先不急著出手，凌振的地軸球會讓他們吃足苦頭。我們等第二波士兵進來時再出手，至少要打殺個幾十人後，再從樓梯那兒，撤往高處，繼續誘敵，必須讓他們心無旁鶩的跟著我們，其他隊員才安全。有問題嗎？」

林冲開口問：「我們用本來面目作戰，適宜嗎？」

武松那張冷然的臉，泛起一種凜冬也如的殺氣，「造像衣主要的作用，在於混淆視聽、潛伏蹤跡，方便我們溜進超臺北，如果一般的狀態下，並無妨礙。可是外面有四名機異化軍官，應該是大敵，遇到他們，絕對要當心。我們得用最好的狀態迎戰，需要更自在自如的行動。造像衣在大戰時，反倒是障礙。其次是，我們得讓星魔軍大感驚愕，這樣就愈是能吸引他們的注意力，讓躲藏起來的隊員安全無虞，現出女性的形體，必然能製造最大程度的意外。」

林冲聽懂了。「我沒有問題了。」她回應。

武松還有話沒說下去——她們以本體開戰，也會令超臺北政府軍察覺，寶藏巖一方有辦法變身易容，或許日後會有麻煩也說不定。但星魔一方也不全是笨蛋，他們怎麼可能還沒有發現呢？畢竟，同一者的絕鋒與能力，可是無比的搶眼。

第35話

門外，烈日正要當空，而室內是一片陰暗清涼。同一者們調整呼吸，等待著星魔軍的破門而入。她們的感官因為賜力的集中與注入，而保持著最敏銳，周邊的聲息無一遺漏。她們聽見了各種命令，與士兵移動的聲響。整座建築物都被團團圍住，毫無疑義。每一面都有星魔軍的人馬布置著，絕沒有死角。他們是誓在必得，務求沒有漏網之魚呢。

一陣戰慄感，在武松心中深切的波湧。她的靈魂在燃燒，赤瞳愈發的血亮著。她捏緊左拳，右手則牢牢握住天傷棒。她的確喜歡戰鬥，是的，那是不爭的事實。武松渴求著痛擊將苦楚、傷害建立於底層人們、尤其是毫無反抗能力的女孩們身上的混蛋們。她無法欺瞞自己，那是想要把曾經被施加的暴力，完整地轉回到那些天殺的傢伙。

武松暗自期待著讓他們品嘗同等、甚或是加倍的痛苦。

這是林冲的第二場大戰。也不知道是什麼樣的運道，她的兩趟出動，都是相當大的作戰場面。前回跟猛獵小隊，意外地遭到終截局頭子、十二凶獸之一的擎羊獸的埋伏，猛獵隊長戴宗且受了重傷，其他隊員也要遭殃之際，突變一生、驚魂未定的林冲終於回神，奮起心志，以天雄矛之威，擊送強勁的衝擊震波，將擎羊獸撂倒在地。

想來這個半羊半人、頭有彎曲的羊角、軀體為鋼鐵銅金打造、下半身則是羊體的統御者，應該沒有死去。當其時，猛獵小隊急著返回寶藏巖治療，林冲也就沒有想過要再補他一矛。但也許就算她祭出殺手了，擎羊獸依舊能夠存活吧，畢竟是機體人，只要有機械零件替換，還是能無傷無壞吧。武隊長方才提醒到外面有四名機體戰士，林冲忖想，如果那四人擁有跟擎羊獸一般的戰力，就無怪乎隊長要這樣異常慎重了。

林冲雖是擊倒擎羊獸的人，但對於如鞭子一樣變異的羊角，還有能夠化為尖錐的手，林冲可是餘悸猶存。無論如何，她都得打起十二萬分精神，去應付接踵而來的各種險勢。

林冲決計不會任由隊長孤軍奮戰，她必須成為武松的最好奧援。

一左、一右立於門邊的武松、林冲，目睹好幾個圓筒拋著弧度投入，在地面滾動後，驟然裂解，噴發著大片煙霧——星魔部隊攻堅標準程序的第一步是，讓煙霧彈飛入，看似能夠有效掩護他們的突擊，卻不想啊是正中同一者的下懷。

因為，講起在霧中行動，可沒有比同一者更擅長了，她們的寶藏湖終年霧氣撩亂，可不是沒有理由的。楊志的天暗手套呢，能夠生成、控制迷霧，儼如活物，在長期的配合下，與霧同戰，也就變為同一者的一套獨特戰術。因為她們的賜力能讓耳目感官提升到極限，沒有任何阻礙。換句話說，煙霧簡直是她們的同伴，是最能夠讓她們發揮最強戰力的環境。

這可是星魔軍的頭一個大失算，勢必讓他們要付出慘痛的代價。

第36話

武松與林冲的賜力持續封阻了嗅覺，噴出的煙霧所帶有的嗆鼻感，毫無作用。

四名穿戴軍用面罩、護目鏡的武裝軍人，持鎗踩入門內，來不及做任何動作，便不由自主地打轉起來，手舞足蹈，轉得不亦樂乎。地軸碎球迴轉之力，令士兵毫無抵抗，就算是機體戰士遇到也會落得一樣的下場。

凌振的碎球，在被踩中的時候，就會消散，化為旋轉之力，每一顆都可以讓敵人原地打轉十秒。當然了，如果你的腳下有兩顆，自然就加倍上去。而戰場上，不要說是十幾二十秒，有時一、兩秒就足以決定生死了。

士兵們轉啊轉，其中兩個轉到手上的鎗械都脫手了，而另外兩個則是忍不住就扣了扳機，一時間子彈亂飛——離奇的是，脫離鎗膛的彈藥，也受到旋轉賜力的影響，在空中像是沿著無形的圓圈在繞著飛。他們就像是站在一個旋轉的舞台上，所有這個空間之上的物體，無論是有機或無機，全都必然會受到地軸球那魔力一般、無限迴旋的制約。

當然了，這世上沒有一件事，能夠真的無限。至少，永無是這麼說的。

飛翔的子彈，好幾顆命中了士兵們舞動的手腳，他們簡直像是自己鎗擊自己，傷口炸裂，血液噴出弧度，慘叫從口中迸發。畢竟呢，眼下的四位士兵，就像是跟猛獸也如的子彈困在同一個圓形籠子，被尖牙利爪撕裂亦是在所難免的，不是嗎？

十秒後，他們還暈頭轉向呢，又踩到了其他的碎球，於是乎，又再次迴轉起來。而第二批四人一隊的士兵，走了進來，也遇到了相同局面，被迫旋轉不休，也同樣有人控制不住手腳或他的手指，開了鎗，也中了彈。每隔十秒，就是一批星魔軍人踏入煙霧，戴著的面罩根本毫無用武之地，他們悉數被凌振的地軸絕鋒之能玩得團團轉，半點攻擊都打不出，只會自傷。亦有人不知踩到碎球第幾回，暈陶陶得整個人摔趴在地面上，還不由自主地轉著，絆得後面的士兵人仰馬翻，情勢愈亂。

而煙霧正在散去，門口已經堆滿受傷嚎叫著的軍人，後方依舊不斷有人推進。

星魔軍還真有的是可以去死的士兵。武松計算著，凌振所埋置的球應該所剩無幾了。她的目光穿透薄霧，對林冲點頭示意。接下來就得靠她們兩個了。子彈、彈殼和人體的落地聲，接連響起。

第六批士兵舉鎗而至。他們繞過地面的傷兵，往門的左邊走。那兒有武松的鐵拳等著。她的天傷棒暫時消隱。武松的雙手蓄勢，正拳擊出。撞擊聲連動。旋即，四條人影伴隨悶叫聲，往外頭飛去。

第七批四人小組正待入內，有一個被撞倒，另外三人躲過，舉鎗朝武松的方向盲目射出。武松的天傷絕鋒入手，畫了一個棒圈，吃掉那些彈擊的能量，子彈實體墜地，金黃鐵棒略略脹大。他們加強火力往左邊暴射的同時，也持續往內推進。天傷棒又因賜力牽引在武松掌中自旋起來，如若盾牌，狂吞猛食著，把彈藥的能量掏空。

星火與貪狼真正意義上的大戰，這會兒才正式開啟！

第37話

凌振的碎球已經用光了。更多星魔士兵毫無障礙地跨過地上或死或傷堆疊著的同袍，擠入建物。然則，左有天傷棒伺機而動，右有天雄矛痛擊來敵，令得星魔部隊的傷亡人數攀升不止。

武松刻意地引誘敵人擊發子彈，不慌不忙地養肥那根神奇的金黃鐵棒，近距離的敵兵，則都被她的鐵拳迅速收拾掉，根本沒有一名士兵有辦法承受武松機械之臂的重毆。

林冲雙腕一抖，矛尾一動，掃在兩名軍人腳的脛骨處，讓他們頓時仰翻倒地，而後，手急扭，柔軟的木柄曲彎，砸在另一名士兵的背部，令之前趺撲地，隨即矛身吞吐，矛尖前刺，劃開第四名敵軍的頸部，一蓬血洩出。

即使不用到絕鋒能力，光是罡煞九式，就足以制敵了。她的賜力僅應用於五感靈敏、體力強勁上。天雄矛從矛尖、矛身到矛尾都是能夠造成傷害的絕佳武器，林冲巧妙施以罡煞九式，把天雄絕鋒的能耐發揮到最極致。而且，林冲的絕鋒特質也與武松不同，她可不能濫用有限的賜力，得更有效率使用衝擊波，不能浪擲在光憑罡煞九式就能解決的士兵身上。

也就兩、三分鐘吧，已經有近三、四十星魔部隊士兵倒地難起，煙霧也完全消散了。武松一邊以天傷棒吸食敵方的攻勢，一邊也開始移動，林冲也有默契地配合，他們一前一後地往樓梯處撤，誘敵深入中。

更多的敵人湧入樓內，燈光逐一亮起，其手握鎗身上都裝有手電筒，可以照亮幽黑環境。他們朝著武松、林冲攻擊，十幾支鎗管有火焰噴出，子彈旋即往前飛竄。天傷棒被餵食得更是碩大了，而今已跟武松的鋼鐵手臂同樣粗了，但還不到對外反饋的時刻，還得滋養更雄厚才行。她跟林冲一起往上退往幾乎無光的樓梯間。星魔軍閃動的燈光緊追在後。

武、林二人往上的速度不緩不快，牢牢吸引住星魔軍的進攻欲望，讓天傷棒大大的進補，務求敵方沒有餘暇注意到少了幾個人，黑暗的環境亦對她們大有幫助。隨著戰事的進行，星魔軍一方倒是有好幾名士兵發現了異狀——他們注意到圍攻的對象從男性變成了女性，黑影密罩之下，雖不是看得很清楚，但確實人長得不一樣了，那可不是容貌的差異，是性別上的大相逕庭，縱然是視野幽黑，但在手電筒的光暈搖曳下，也還是區別得出來的。

持棒的黑衣太陽圈男人，這會兒變成了高挑的短髮女性。拿矛的天同男，現在好像是一個長髮女孩。她們的臉容，在黑暗之中無以細辨，但就連身高也不一樣了，無庸置疑的——他們不是他們，他們竟然是女性，這是怎麼回事？某種妖術？

星火倆到了二樓，武松隨意一瞥，就看到了更多的書架，這裡果然是圖書館。

她們在樓梯口一左一右立好，先由武松的天傷棒接下鎗火，再由林冲高速地揮動天雄矛，使出罡煞九式的破式，矛身極速且密集地顫動，戳中士兵，讓他們跌落，在階梯摔傷，成為其他軍人的行動障礙。

武、林二人曉得不能在這裡拖太久，因為星魔部隊不是蠢蛋，如果久攻不下，一直被阻斷，他們會去找別的入口，想辦法從另一邊或後方圍捕武松、林沖，這樣一來，他們很有可能會意外發現躲藏的其他星火成員。

她們可不樂見情勢變成如此。在打落了兩、三組人馬後，兩人又往三樓撤去。

而武松心中的危機感，並沒有因為一切都如她們所預期的，就有所鬆懈。實際上，她反倒更緊張了。主要是那四匹狼——武松之心神祕聲音警告的所謂狼，並沒有攻進來。這很不妥，相當的不妙啊！

原本，武松還希望能夠在黑暗的屋樓裡，趁著星魔軍的混亂，可能會對四個魔圖戰士造成阻礙，順勢就能見識一下他們的能力，結果他們卻不上勾。如果武松沒猜錯的話，他們應該是好整以暇地在外頭等著她們突圍。

他們並不躁進，很沉得住氣，這是優秀戰士會有的態度與判斷。

而在光天化日下的空闊之地戰鬥，對武松她們來說，可以說是極為不利的。

第38話

踩過各式攀生梯級的植物，許多昆蟲被驚擾了，四處竄動，武松快速地在暗黑中退至三樓，林冲也緊隨其後。在樓梯口處，武松停步，她先瞧好了退路，而後視線轉向黝黑的下方，徐慢地調整呼吸，接下來才是重頭戲呢。

她們得要讓星魔軍大吃一驚，大大地震撼他們，雖然四匹狼宛若心頭刺，不過，這會兒暫時無須考量那四個上頂機體軍官。武松的首要目標是，讓單廷珪她們有安全撤離超臺北的機會，其餘的，只能見招拆招了。

她計算著截至目前為止，戰鬥已經過了五、六分鐘左右吧，累計擊倒了七十多名星魔軍人，當然有好些是士兵們自亂陣腳所傷。如果能夠在圖書館裡撂倒近百名的話，是再好不過。

敵軍顯然被她們的攻防一體，深深打擊士氣，要清除倒在階梯的同袍，又要小心武、林二人的埋伏，他們在底下重新整頓，沒有繼續朝上頭攻堅，不過他們不會拖太久。他們的人數畢竟是壓倒性的多。

武松瞅著慢慢控制好呼吸節奏的林冲：「妳還可以嗎？」

林冲斷然回應道：「沒有問題。」

「好。等等我的天傷棒一接下他們的彈藥，妳就發出衝擊。」

「現在嗎？」

武松緊貼著林冲，與之輕聲商議，在充滿各種哀號聲的樓內，暫時不虞被聽見，「我們必須盡可能讓他們折損掉一百人，室內環境對我們比較有利，尤其是樓梯狹窄，士兵再怎麼樣也沒有辦法蜂擁而上，只能幾個幾個上。可惜我們不能一直待在裡面，我們得出樓。我們若能在這裡留下一百士兵，下頭人馬就會減少，到了下方，壓力就會相對輕一些。我會把天傷棒吃下來的能量，留到外頭用。所以，天雄矛這時候得發出巨大衝震波，讓越多敵人受傷越好。」

林冲也明白，比起街道，室內戰更讓她們發揮優勢，但如此一來就可能增加其他星火隊員曝光的危險。所以，她們是不得不盡快離開建築物。林冲的語音堅毅自信：「我會全力以赴。」

「這邊的事一了，我們離樓時，也會需要妳的天雄矛。」

「我們要往下衝嗎？」

武松搖頭。

林冲就不懂了，「可是，我們要怎麼離開？」

「跳。往外跳。」

林冲即刻了解武松的意圖。

「還有問題嗎？」

樓梯下方開始有動靜，她們能夠討論的時間並不多了。

林冲提出一個徘徊在心頭的疑慮：「貪狼星魔會出現嗎？」

武松搖頭失笑，「不會。」

好像自己問了一個蠢問題呢，林冲有些尷尬地搔了搔自己的臉。

「至今為止，星魔從未自己出手。有機體戰士在場已經是極限了。」

林冲靜靜聽著。

「星魔不能失敗，一次都不行。」生長在星魔之家的武松，對他們的心思再瞭解不過了。十四星魔都是窮凶極惡之輩，他們恨不得吞掉更多地盤，成為更有權力的統御者。但他們也長年處在彼此牽制的狀況，讓一切鬥爭都只在檯面下，看似針鋒相對一觸即發，但總是沒有徹底的翻臉。如果有一名星魔親自出手，卻落敗了，其他星魔必然會趁機展開吞噬行動，說不準別的星魔還沒有出手，自己的下屬都已經想要取而代之了。

武松正要說清楚之際，貪狼軍一方展開了另一波攻勢。

第39話

這一次星魔軍丟上來的是閃光彈——爆裂的強光，大氣慨地將黑暗驅逐殆盡。當然只是一時之間。這是相當聰明的策略。敵方從一樓的攻防，就曉得煙霧彈對星火們毫無作用，立刻予以調整，靈活變化。

眼前都是光的風暴，一片亮茫，而星魔軍可是戴有面罩與目鏡，不受影響。

遺憾的是，他們的對手是超脫常理的同一者。

武、林二人在閃光彈落地之前，早已緊閉住雙眼，讓更多的賜力湧入雙耳，聽覺能力再獲拉升，所有細響都可無有遺漏。光暴再猛烈吧，對她們來說也不會造成障礙。

且此刻的天傷棒，已然長到了一百八十公分，當它自動性的、恍似風車般的旋轉，大厚盾也如的防護效果就更是好了。天傷棒如同一頭餓獸，吃食暢快，胃口大得像是不可窮盡，對敵人全開的火力，儼如饗宴地大飽餐。

一大輪駁火之後，武、林二人聽見杵在樓梯平台那兒的軍人預備往上推進。林冲偷了一個空，從自旋不止的天傷棒後，探出身子，天雄矛刺向虛空，激發出一道衝擊波，底下士兵猝地猶如人形骨牌往後連環推倒。

損傷的人馬被拖走，後方的星魔士兵又再度狂射猛擊，明知那神奇的鐵棒會暴食殆盡所有攻擊，彷彿是他們親手餵大了一頭怪物，但就是無計可施——此刻，無非是一僵局。貪狼軍只能持續進攻，一組上前狂亂地射光彈藥，旋即後撤填充彈匣，而下一組替換往前清空子彈。於是，槍林彈雨滿室，煙硝味飛揚，階梯上盡是彈落的子彈、彈殼。

而林冲總能覷準前、後排士兵交換位置的最佳時機，送出震波，一次次擊傷敵人。

又幾分鐘過去了，亮光散逸，又是黑暗一片。

武、林二人這會兒方才睜開了雙眼。

武松手中厚牆也似的天傷棒，延續滴水不穿的防禦，而能夠發射神祕衝擊的天雄矛，讓敵方軍馬吃盡苦頭，進退皆險。最教星魔軍吃驚的是，他們人數縱使是壓倒性的多，泥足深陷的卻是他們，而非那些瞧不清面貌的女子。挫敗感正在吞噬他們，而對貪狼星魔的畏懼，又迫使他們要一再進攻，那就像是絕望下發動的攻勢，一切都是徒勞無用、死滅將臨的情緒，正在盤據和吞滅士兵們的心智。

估計再傷跌了二、三十人後，武松判斷，再不出去，搞不好那四名上頂軍官就要進樓了，畢竟，如此無解的局面，他們也不可能就那樣毫無動靜吧。他們始終沒有攻進來，只在街上等，就是因為不想被一般星魔軍人綁手綁腳。武松其實有點動心，要不要在這棟建物內，解決眼前大患。唯想到可能要承擔單廷珪她們被發現的風險，就絕不可行，她跟林冲得要成功地扮演好誘餌角色。

武松心底立刻下決斷。她斷喝：「走。」

林冲聽見了，她轉身往窗戶跑。武松一邊舞棒，一邊倒退。來到窗邊後，林冲送出一道小震波，將玻璃與藤蔓俱化為齏粉後，往外跳出。武松的身子急旋，無遲疑跟著一縱——她們凌空墜落。

兩人都讓賜力流入雙腳，預備承受降落的衝擊。

同時，林冲的天雄矛發出一道震波，擊向下方糾集的星魔部隊。

頭頂上方，傳來奇異的呼嘯聲響，士兵們慌忙抬頭一瞧——居然有人從天而降，且有一陣勢不可擋的震波，率先奇襲而至。他們壓根不及舉鎗，就被狂猛的衝擊炸得落花流水，頓時又傷折了十餘人。

第40話

有天雄矛的無雙震波在下，武松、林冲也就安然降落，毫髮無傷。她們雙腳將碰及地面之際，賜力注滿腳掌、腿部的肌肉，使之強韌有勁，不受重量與速度撞擊的損傷。

兩人腳一沾地，就立刻將往下的力量，轉向了前頭，她們的身體斜斜衝出，逕自殺進了敵方陣營裡。猝不及防，星魔軍被殺得潰不成軍。兩人如入無人之地，以鐵拳、以矛擊，迅速掠過，短短幾十秒的時間，又有十多名士兵被震飛、打倒了。賜力與絕鋒的組合，就算是體魄強健且穿戴防具的專職軍人，也難以抗衡，總是落得一擊必潰的下場。

忽有一人，攔在武、林二人前方——是那經過機異化、機械手臂上有鐵鉤與鋼刀的軍官。他驟然發出尖嘯。隨後，立即有三道高速移動的呼嚎聲相應，正火速趕來，看來他們四人是分別鎮守一方，以確保星火二人無路可逃。

武松和林冲跳落的這邊，是朝著寶藏巖的方向。她倆互看一眼，不再前衝，反倒往左一拐，飛快跑進金門街，看似是要暫避其鋒，實則企圖要把敵軍悉數引開，令星火隊友們能夠沿著汀洲路直進師大路——

那兒即是寶藏湖岸，而燕青必在。

貪狼上頂軍官拔腿就追，且傲然狂笑：「賤人們能逃到哪裡去呢？」

現在，就是得要把追兵都釣在後頭，讓他們心無旁騖地追剿。心思一致的武、林二人沒有任何遲疑，一心一意當著誘餌，要讓所有魚上鉤。她們以不透支賜力為前提，朝前方的羅斯福路，直奔而去。

衝過了金門街與晉江街路口，左邊傳來兩道尖嘯，又有兩頭狼來了。

一到了羅斯福路，武松、林冲就往右切，持續前進。羅斯福路以前定然是滅人的主要交通幹道，因為，整條路上除超臺北必見的大量藤生植物、花草樹木漫佈生長的荒涼景象外，還有許多汽、機車廢置在路上，形成多重障礙物。

她們穿梭其中，如此一來敵人也就更難合圍，對武、林二人來說，大有好處。

而身後有奔跑聲緊追不捨。她們都聽見了，最接近的主要是三個人，後方還有一大群士兵拚命狂奔。魔圖戰士的奔馳速度顯然也不在武松、林冲之下。而且，他們理論上可以長時間維持同樣的高速跑下去，毫無疲累。

但同一者可不行，她們雖有神奇的賜力傍身，但終歸為血肉之軀。

不過，林冲暗地裡指望，搞不好能這樣一路跑到寶藏湖。雖然，燕青不在羅斯福路盡頭處，可是那兒或許還流動著楊志的霧，她一定能感覺得到她們回來了。反正所有星魔軍應該都已被釣著，單廷珪她們安好地返回寶藏巖，應該不成問題吧。

此時，忽而有個什麼在林冲腦中跳動著。那是一種警訊。好像哪裡不對勁，對了，還有一個人啊。一意識到這件事，林冲也就聽見了空中傳來拍擊聲。沒錯，還有那個背後伸出一雙機械羽翼的黃衣軍服戰士——

敵人瞬間凌空而至，阻斷了武、林二人的去路。

第41話

名為愛狼的上頂軍官，露出獰笑，中間位置有狼嘴魔圖烙印的黃色鋼鐵雙翼展開，足足有五公尺之長。他振翼飛鳥也似的飄懸著，距離地面幾十公分，翅膀緩速揮動，雙手各有一支長軍刀，身上似乎沒有帶其他的鎗械武器。

武松停下腳步。她立刻察覺到，顯然四名機體戰士曉得鎗彈火藥的攻擊，對武松是無用的，反倒讓她能夠獲得更大的力量。意思是，他們對她有一定程度的了解。這是絕不該忽視的警訊。他們或許有一套專門針對天傷棒的戰術。

林冲也跟著武松停步，她立即轉身面對後方的追擊者。

感覺到危險的武松，旋即不帶丁點遲疑地往前突破。她的右手上依舊天傷在握，但與其說是握著，還不如講是鐵棒附在手上——賜力的牽引，如有黏性。那是一種自由自在的使用狀態。

愛狼俯衝，刀光閃裂，直撲武松。

小心防範但夷然無懼的武松，往前重踏，天傷棒前伸，並不釋放能量，就只是權作防禦，而左拳蓄勢爆發，揍向敵人的腹部。她對自己所創的罡煞拳法極有信心，只要對方近身，必定能夠打中——就算是機體人，也未必挨得住她全力一擊。

愛狼的高速衝下，卻是一種假動作，機翼猛地大大拍擊，立刻將身子拉得高高飛起，越過了粗厚的天傷棒，武松的左拳，自然也頓時落空了。愛狼趾高氣揚地飄浮在武松頭上，軍刀快速砍劈向下。

武松將揮空的左手一抬，格住了其中一柄刀，火花噴濺。另外一把刀，則是被天傷棒攔住，吸去了愛狼的力量。與此同時，她的右腳已囟然蹬起，準備將敵人拋上天。愛狼臉上卻掛著樂吱吱的笑意，武松心生不祥。

那對鋼翼彷若有自主意識，或者應該說，愛狼可以完美地操控機械翅膀，他的軍刀攻勢是幌子，真正要命的是長度驚人的機翼，朝前一拍，又再合攏，前端的鋼羽就準確地扎進武松的背部。

武松猛一矮身，硬是扯離銳利的黃漆鋼鐵翅膀。緊接著，她高速轉體，天傷棒往上拋起，吸引住愛狼的目光，雙手直拳砸出，打中敵人的腿根。愛狼發出一聲怪叫，羽翼疾拍，斜斜掠高，遠離武松攻擊的範圍。

武松伸出右手，以賜力，拉回了天傷棒。武松已然負傷，近頸的後背被狠狠刮出鮮血淋漓的兩道裂口。武松咬著牙，沒有半點哀號。她鬥志仍舊高昂，目瞪愛狼，無有灰心喪志。

而林冲這一邊面對的是——

腕部有鋼刀鐵鉤的喜狼，凶神惡煞地揮手，在他直線前進路線上的車輛，全數被掀翻，煙塵瀰漫、藤草飛散。他的後頭緊跟的是負手腰後、意態悠閒、十指是鋼管的哀狼，還有嘴巴被改造成火焰噴射器的怒狼。

林冲讓呼吸平緩，心神凝注——背後的事就交給隊長了，武松會開出生路的，武松可是寶藏巖的戰神哪！林冲此刻要專注做好的，就是擋住眼前三人。而且，林冲這回合得毫無保留地全力一戰。方才的多番攻防戰，不過是序曲，而今才是正戲哪。大敵當前，林冲大量輸出賜力，天雄矛綻放豪光，迅疾無比朝前頭刺擊三回，也就送出了三道震波，霎時逼近敵方三人。

首當其衝的喜狼，卻是一副樂陶陶的模樣，這麼些年了啊，深受貪狼星魔的禮遇與企盼，就是等著要讓這群反叛份子見識貪狼星魔直屬魔圖戰士的強大能耐。喜狼也不煞停，雙臂交叉，就那樣直直衝向衝擊波，不要命似的——巨響頓時炸翻！

龐然的能量，將喜狼整個往後猛推了十幾公尺，最後撞凹了兩台汽車後，才卸除掉天雄矛的震擊。但喜狼並未損傷，頂多覺得雙臂有些許不順暢感，他可是由最高階科技與金屬所組成的魔圖戰士，跟一般軍人的身體強度與武裝配備那是天差地遠。

後頭的哀狼、怒狼可沒有像喜狼那樣莽撞，哀狼猛地雙膝一屈，腳掌用力，把自己蹬上天，避開衝擊。而怒狼則是身軀往左倏然橫移，將經年累月風吹雨打早已腐蝕壞朽的車輛整個撞散了，也就讓過矛震波。

倒楣的是他們後方跟著的星魔士兵，兩道衝擊雖說是飛過了幾十公尺，但威力仍是不可小覷，速度又快極了，所幸有點距離，有些反應快的也還能閃避開去，但也有幾名軍人遭了殃，被轟倒在地。

這些機體戰士實力顯然是強悍的。林冲也立刻明白，剛剛為何武松會瞬間決定了迂迴的應戰方法，要先躲在大樓裡，讓其餘成員脫逃——他們身上的鋼鐵與科技，讓超臺北軍官擁有足以與同一者賜力、絕鋒能力比擬的本事。

唯對林冲來說，這並不打擊她。因為三個月前，她才與摰羊獸對戰過。而終截局的頭子，也擁有極度強橫的改造機體。當其時，林冲也沒有退縮過。何況呢，天雄矛的衝擊波，距離夠近的話，極有可能是機體科技的天敵。

而她有個直覺，這些人並不曉得這件事。

第42話

雙方人馬站定，彼此瞪視，隨時都一觸即發——武松、林冲被夾在中間，兩側仍舊佈滿了廢棄車輛，前頭是空中揮翅的愛狼，後頭則是喜狼、哀狼和怒狼。群狼發出尖利的咆嘯。

怒狼隨即對身後的星魔部隊擺手，厲聲喝道：「不要過來！」

意思很明顯哩，有他們這些群狼就夠了，就足夠對付兩個下等人種。

他們可是狼，真狼，比動物界的狼群還要更有殺傷力的，絕對之狼啊！

林冲後退數步，略微靠向武松，輕聲問：「隊長還好嗎？」她聞到了武松身上的血腥味。但並不驚慌失措，她保持最高的戒備姿態，絕不給身前三匹狼可乘之機。

「沒事。他們知道怎麼對付我。」武松說。

林冲並沒有看到實際景象，但聽覺幫助她捕捉到大概的情況。

天傷棒就如同是接受器，一個柔軟如海綿般能夠持久汲取各種攻擊的奇妙器物——而其實呢，這也是天傷棒的弱點，只要敵人不碰到天傷棒的話，它就莫可奈何，它必須確實被攻擊確實接觸到，方能夠吸收轉化為自身威能。

更明確的說，天傷棒吞食的是物理上的能量。且武松的絕鋒，還有另外一個致命傷，就是她得要持續注入賜力，天傷棒才能吸食破壞能量。換言之，一旦賜力空乏了，她也就無能為力。

每一個同一者在戰鬥時都會面臨類似的問題——賜力充滿全身肌肉，可以支撐高速強勁的動作，體能拉高幾倍計。唯絕鋒使用需要大量賜力。這也就是說，賜力是兩頭供輸，身體需要，絕鋒也需要。一旦賜力耗盡之際，就是同一者的末日。

「我們盡量貼在一起。」武松如此耳語。

林冲心領神會，武隊長可不是心生畏懼或需要她的保護啊，而是必須找到最佳的時機，好釋放天傷棒的破壞能量。天傷棒現今粗如大腿，長度也默默抽長至三公尺。若是被此時的天傷棒擊中，就算是機體戰士，也會重損吧。

然天傷棒一旦出清了積累的能量後，除非又汲收了敵方的攻擊，否則短時間內它是歸零的、沒有任何作用的武器。釋放被收存於棒內的能量，也需要相當的賜力去推動，隊長一定是希望能夠將四名上頂軍官一網打盡，不要有漏網之魚。

林冲略略撤退，背貼武松。

愛狼望定武松的雙臂，「像妳這種賤人，竟然也有機體，簡直荒謬！」

武松一聲不吭。

怒狼早就瞅見了武松的特異，眼神鄙夷，高喊著：「果然是不知感恩的下等人！有了這種難逢的幸運，居然不懂得珍惜，還敢與我星魔軍為敵，真是愚蠢。妳那兩條手臂的序號是多少？我倒要瞧瞧究竟是誰膽敢移植高端科技在賤人之身！」

喜狼也恨不得立即扯裂武松身上那兩條長得跟自己類似的機器手臂。

哀狼沒有言語，兩眼閃著深深的憎惡。

林冲真想回嘴啊，開口賤人、閉口也賤人，這群人煩不煩！究竟要語詞貧乏到什麼樣田地，才能夠如此毫無新意的說話？彷彿這世間啊罵女子的話，來來去去就只有這兩個字。這些人可不可笑，可不可悲哪！

武松倒是很沉得住氣，她懶得費唇舌，她一心只想著，要如何讓他們陷入天傷棒的致命範圍裡，帶給他們絕無轉圜空間的致命傷。她忙著養精蓄銳呢，同時也要分出一部分賜力止血——賜力能夠加速增強身體機制，是以也有修復癒合的功能，雖然沒辦法瞬間完全痊癒。至於圖口舌之快這種事，男人們真樂此不疲，就讓他們去自我滿足吧，武松沒工夫跟他們計較嘴皮子這種事。

第43話

群狼愈發不暢快了，因為在武、林二人的眼中看到，她們越發熾燃的鬥志，沒有丁點的驚畏——反叛份子本就可以預期會是桀驁不馴，但她們也過分猖狂了，絲毫沒有陷入危境的感覺，尤其是那個高個兒女子，一雙紅眼瞳像是綻裂著最亮的火焰。她盯著他們的態度，居然有些兒像是居高臨下的俯瞰，狂傲無倫，簡直不可原諒啊！

群狼持續被激怒，心神正蒸騰著。

女性是最下等的生物啊！

這兩賤人究竟是在哪裡被教育的？難以思議，怎麼能心中毫無些許對男性的敬重哩，怎麼能夠！超臺北這座文明聖城，可是依靠十四星魔的統御，與及在眾多男性戮力的付出之下，方能夠在末日大戰後，維持住難能可貴的文明——有電，也有科技，世界還在前進著，難道不都是因男人們的諸多犧牲才成就的嗎？

像她們那般下等而又無貢獻的賤種，無知又頑劣至極，完全不明事理，必須受到最嚴厲的調教，把敬畏男人這樣不可動搖的觀念，死死地刻在她們那小小的、愚昧的心靈才行呢。

群狼總共有七匹狼，如今還少了三個，未及到現場，此刻應該還在趕來的途中吧，但無妨，有他們四人在就夠了，就算不是全體出擊吧，也絕無問題。他們有強大信心，會在最快的時間裡，讓這些女子認清最基本的事實——

男人是不該被違逆的！

愛狼鐵翼大幅度的拍動，他猝然極速升高，直入雲霄，變成一個黃點。他的動作乃是一起攻擊的信號。喜狼立刻發出震天大笑，狂野暴衝，顯然是要正面跟林冲的異矛拚搏。哀狼跟怒狼亦前奔，從旁策應。

「交換。」武松輕喝後，人往後轉，與林冲調換位置，改為面朝三狼。

林冲的動作沒有絲毫滯礙，天雄矛對空一舉，矛頭綻亮。

正在俯衝的愛狼，立刻煞止。他可不願意在高速下跟那樣的怪異震波硬撼，並非他對己身鋼翼的堅硬度沒有信心，而是這樣對衝，少女隔著相當距離，但愛狼是拿自己的身體去賭。他又不是喜狼那種瘋子，沒事硬要蠻幹。

林冲成功地牽制住愛狼，讓他暫時只能在空中掠陣。

但愛狼也沒有閒著，他旋即改為撲向武松——那赤瞳高挑女子才是首要目標。

武松則全心全意與眼前群狼周旋，電閃一般的動了。她釋放出無與倫比的殺氣，彷彿整個街道的空氣都被凝結，或說是抽乾了，在幾十公尺內的人肌膚都感應到刺痛感，像是滿天落下了無形雨滴，而每一顆雨滴都異樣尖銳。

交換了對手，於喜狼來說一點也無所謂，他完全就是埋身近鬥的類型，追求拳拳到肉的殺戮快感，他機械右腕突出的鋼刀，劃開一道驚虹，斜劈向武松。哀狼飆速往右，人到了武松左前方三公尺處，十指伸直，十道強勁的細水柱，噴往武松。怒狼則是在武松的右側，怪形異狀的機械口器，赫然吐出一大團炙燙的焰火。他們的隊形，無疑是算準了天傷棒不可能一次吞下三個方位的攻勢。

而且這三人的戰法，非常針對性——哀狼指頭射出的水柱，當然有力道，天傷棒是可以吃下，但那些水帶著腥惡的臭味，恐怕是毒液，天傷棒轉得再快吧，只要幾滴透過，武松必然將落得中毒、被蝕穿的結局。火焰亦是無實體攻勢，不是彈藥，也不是兵器，根本沒有實質接觸天傷棒，縱使武松天傷棒即便舞得跟風車一樣密不透風，最多不過是把高溫之火掄散而已。至於喜狼的刀，天傷棒的確能夠把他的力量吃得一點不剩，不過那人左腕植入的鐵鉤，絕非做裝飾之用，必然另有殺招吧。

武松心念疾轉，猝然大步踏上前，竟自入險境，不拉開與他們的距離，反倒更接近了。各有各的謀算呢，她就是要搶進三人的中心處，天傷棒積蓄的破壞能量，此時不用，更待何時！

而愛狼呢，這會兒也從空中殺下，翼展極長的鋼鐵羽翼，像稍早攻擊武松般的如法炮製。對武松來說，最麻煩的還是高來高去的愛狼，他的靈動性相當困擾武松。但他的凌空下擊，卻恰恰是把自己送入虎口！

第44話

武松雙手虛握著，賜力灌注在指掌間，源源不絕地滾動天傷棒。四頭狼依舊是合圍之勢，這些機體戰士應該曉得天傷棒的威力，畢竟三年前有許多人見證過了，但他們卻沒有拉開安全距離，顯見他們自負極高，深信身上裝載的鋼鐵科技能夠讓武松毫無招架之力。明明他們的機體就是為了對付天傷棒的威力，卻在她要施展、釋放能量之時，喜狼依舊選擇正面突擊，愛狼也維持空降攻勢，而哀狼與怒狼也只是斜步大跨前，不直對天傷棒，但仍繼續置身於天傷的最佳攻擊範圍內，同時繼續噴發毒液、猛火——這就是超臺北男人會有的盲目信心。

眼前的機異化男人們，無疑是那種過度倚賴能力，或說暴力的人。他們並不會積極認識能力的特質。可是同一者所受的訓練是，必須徹底地認識自身、賜力與絕鋒，包括如何去結合，以及弱點與缺陷，並思考如何才能強化、擴充自己的長處。

同一者都有個觀念，不是戰力值高就立於不敗之地，必須好好把握賜力的使用、絕鋒的特質，並持續精進，那麼，弱也仍有可能擊敗強——這是深植在同一者內心的獨特觀點。

武松雖是同一者中，公認戰力最強的一個。但在與其他同一者比試較量時，她也曾經輸過，而且不止一次，包含猛獵小隊隊長戴宗、光源小隊隊長朱仝等等，都讓強悍又無敵的武松吃下敗仗過。

這意味著什麼？也就是說，作戰決鬥這種事，不是絕對的，不是力量比較強的人就一定會拿下勝利。有時候呢，更懂得冷靜判斷、靈活應變，乃至更能夠善用己身能力的人，反而能贏過實力更高的人。

這也是同一者即便面對看起來更強壯、更凶暴的敵人時，會一無所懼的原因。

力量不是一切，力量並非勝負的唯一解答。

而喜狼的左腕鐵鉤，陡然移前，硬是箍住了天傷棒。他臉上泛起得意狂喜。

果然一如武松猜想的，那隻移植在臂中的鐵鉤藏有後著，原來是扣緊拘縛天傷棒之用。可是呢，他錯了，而且錯得極其離譜，喜狼竟蠢到了以為讓天傷棒脫手，就能阻止武松絕鋒能量的施放。群狼還真是打從心底瞧不起武松呢，堅信自己的鋼鐵強度，搞不好也覺得是那些星魔軍人太弱了，所以不堪一擊。其實呢，他們的戰術是很有可能擊敗武松的，但身為男性的驕傲，讓他們迷失判斷力。

天傷棒旋即完全解放！

武松今日就要利用他們對身為強者的必勝盲點，徹底擊潰魔圖戰士。爆炸性的能量從棒內被推出，瞬息，一股龐然的風暴，將四頭狼捲了進去——那是累合了星魔部隊幾百幾千發子彈攻擊的能量。

於是，羅斯福路上憑空多出了十幾顆炸彈，朝群狼轟擊。不過當然了，那是路徑被控制得很精準的炸藥，只向著敵方四人，天傷棒的後方，沒有被囊括在爆炸裡頭。這就是天傷棒的異能，能夠瞄準對象發出破壞能量，如同射擊。而攻擊範圍就端看天傷棒的長度，如此刻的天傷足有三公尺長，也就是說在武松身前、天傷棒所指方位的三公尺內，無一倖免。

武松一把積存的破壞力釋出後，天傷棒也立即縮小變短，長回原來的大小，就是一根一百五十公分、棒圍僅只兩公分的細棒。而現場爆裂巨響連綿不絕，真的是炸爛了，不僅僅煙土塵灰滿天飛起，一旁距離較近的破銅爛鐵廢車，炸飛了天，再墜落地面，但已悉數解體，且焦黑難辨。旁觀的星魔軍官、士兵們，無不駭然四顧，個個露出不知人間幾世的迷惘樣。

硬是伸手以鋼刀撞打天傷棒的喜狼，立即付出了慘痛代價，不但鋼刀鐵鉤折裂，脫體飛出，且兩條右臂也被爆炸威力整個擰斷，人也不用說了，就是被拋得高高的再重重跌下，死活不知。離武松甚近的哀狼與怒狼，下場也慘不忍睹，血肉模糊、機體嚴重裂損，拋跌開去，同樣落地昏厥。倒是空中的愛狼反應極快，頓時以鋼鐵雙翼護住了身體，雖被天傷的爆裂震得飛退，機體刮損，羽翼也裂解數十片，但至少身子並無大創，是唯一在天傷棒所釋放的生猛爆炸力，還能夠保有意識清醒的倖存者。

天傷棒消隱不見。而武松的臉上幾乎沒有了血色，異樣蒼白，一個踉蹌，差點前仆。猶幸林冲立刻攙住了她。這一記之後，武松體內賜力所餘無多了。一對赤瞳也黯淡了些許。武松對林冲點點頭，靠自己的雙腳立穩了。林冲也就放開了手。

煙塵漸落、騷動平息，武松望了一眼滿目狼藉的現場，徐緩呼吸，同時檢視自身損耗。如今還能動，就表示其慘烈程度不及三年前救援單廷珪的任務哩，那會兒她真是一次吐盡所有賜力，全然的乾涸。

三年前那激烈一戰時的天傷棒，厚如樹幹，棒圍應該有一、兩公尺粗吧，長度也有十幾公尺吧，才能一次摺倒百人，但一擊後，武松就昏迷了。因為以天傷棒猛力吸收各種攻擊，難免漏網子彈在她身上留下十幾道傷口，幸好沒有致命傷，但終究是失血過度，再加上要將那樣巨大化天傷棒裡的能量全數卸盡，真是榨乾了渾身的力氣，那可不只是賜力耗光。武松當場厥倒本是合情在理，事後近三個月的調養，才是磨人呢。

如今剩餘的賜力應該還夠武松注入於雙腿，加速返回寶藏湖。至於天傷棒，她暫時無意呼喊現形，光是要它具象化地握在手中，就需要一定的賜力支持。三名機體戰士都慘敗至此了，相信其他士兵不敢再妄動吧。

「我們走。」武松轉頭快跑離開。

林冲一步不離地緊跟武松。

她們才往前奔了不到兩百公尺吧，往寶藏巖的去路上，又有三條人影擋住。定睛一看，那是繡有狼嘴魔圖的黃色軍服，而且身體也經過改造，又是魔圖戰士。武、林二人心中一沉，看來貪狼星魔軍真是精銳盡出，展現誓要擒敵的決心。

那是群狼的另外三匹狼——他們不像同僚就在左近，接到消息後，費了一點移動時間，終於還是趕上，可謂是來得巧啊，恰好攔截在武、林二人的去路上。愛狼亦拍動羽翼，在五樓高的空中，窮追不捨。他一發現三狼蹤影，立即加速飛馳，而後落在三人旁，收折羽翼貼伏後背，正在交頭接耳，顯然是在談方才發生的戰事，神情激動，比手畫腳指著武、林兩人的後頭。新到的三狼投以驚異的目光，不能置信，卻又不得不信。

貪狼星魔麾下的群狼，共有七名，甫至現場的是懼狼、惡狼、欲狼——懼狼的機異化，是胸口嵌合了直徑有十五公分的圓形喇叭。惡狼很明顯的是雙腿為機體，腳掌處變為鋒銳的獸爪。欲狼的肩上、肩胛骨植入四隻長得像是蜘蛛腳的機體，臀部和兩腿根部也有四隻，上下合計總共八隻，看來就跟人形蜘蛛沒兩樣。

武松望了林冲一眼，五味雜陳，既是憂心，也是歉疚，更有無奈之意。

林冲神色泰然，專注警戒著敵人動靜。她們離家不遠，湖就在前頭，那兒霧氣繚繞，不過是四、五百公尺的距離，就是拚死硬闖，也要帶隊長回到寶藏巖。

林冲的信心，並沒有碎裂。相反的，武松方才奮戰的模樣真是大大鼓舞了她。隊長是一個人對上四個機體戰士哪，而且一舉就重傷了三人，使其昏迷。再加上林冲自個兒曾擊敗擊羊獸，也就有充足的無畏精神——是的，只要善加使用賜力與絕鋒，就算是凶暴的機體怪物，同一者亦非沒有贏得對戰的可能。

武松的心裡卻想著，這情況萬分貼切於四面楚歌或十面埋伏吧，這幾個詞語不由地襲上腦海——那是她暗中思慕的鳳眼男子，曾在黑板上寫過的常語字詞。武松平素裡都是刻苦地訓練自身，幾乎不怎麼休憩，真的有空閒呢，要不去聽說書，要不就是到潘金蓮、西門慶的語文號，認字，也練寫字。當然她懂的不多，也不是真的對語言文字有多麼大的興趣與熱忱，她就只是想看看俊美得難以思議的潘金蓮。

寶藏巖裡人人有自己的天職，不是別人賦予或規限的，而是自己決定的。潘金蓮與西門慶這對男性愛侶就一同創立了語文號，在他們的住屋教授習字讀書等知識。他們是第一個想到在寶藏巖裡教文字的人，潘金蓮專攻文字，也就是用字師，而西門慶則是教導怪語的應用。

到寶藏巖之前，武松認定此生自己對男性是再憎惡不過了，絕無可能有興趣。

然則，方才頭一回見到潘金蓮，武松就體驗到何謂心醉神迷的滋味——那真是天旋地轉的茫然失措啊，比什麼都還要更深邃迷人，那是一眼即銷魂的境界。至此，潘金蓮的身影，就撩亂在武松心中深藏處。

此刻，武松莫名地就想起鳳眼潘金蓮——他悄悄侵占武松的心頭，已然好些年了。但她從未表白過，總不動聲色到語文號蹓蹓，看看他，僅此而已。潘金蓮有愛侶了，何況武松也不是男性，生理上，她就不屬於潘金蓮可能垂愛的範疇。看見潘金蓮的第一眼，武松就喜歡上他。但他偏偏是個喜歡男性的男性。這在武松以前呢，是絕難以相信的。唯在寶藏巖，卻是再普通不過的事了。

自己是怎麼了呢？也許是因為虛弱的緣故吧，所以心神不能控持，才飄忽所以吧。暈眩感正在膨脹。武松曉得自己剛剛還是透支了，身體需要好好休息，甚至是大睡一場。但現在不是時候，天大的危機在當前，必須振作起來。

醒醒啊！武松。

我不會讓師傅的繼任者，死在這裡。

這是不被允許的失敗，絕對不行！

即使筋疲力竭，體內賜力也探底，但武松依然沒有，也決計不會放棄！

第46話

一番商討之後，群狼有所動作了。

他們是被培養出來、專門對付武松的人形兵器，成軍以來，就是把武松當作假想敵，一切的訓練都為了追捕此人，送到貪狼星魔面前，將之公開處刑，以俾使修正三年前貪狼星魔軍的失敗。停滯不前，絕非他們的選項。雖然不能以完整陣容迎對強敵，但方才的一擊看起來，已讓對頭大為損耗，元氣大幅銳減，正是可趁之機，犧牲了三匹狼，換來的良機，可不能錯過。

惡狼頷頭，忽爾大步踏前。他的機械雙腳，頗為粗壯，大腿圍少說也有一百公分吧，腳掌也大得驚人，也並非人類十趾，而是銳利如動物獸爪的構造。他雙腳用力一蹬，倏然斜跳而起，有著恐怖的爆發力，竟高達六、七公尺，看似要朝武、林二人落去。愛狼鼓動鋼鐵雙翼，在惡狼高跳之際，也疾掠到空中。懼狼與在其身後幾步的欲狼卻是原地不動，不知有何打算。

莫可奈何啊，武松只能再叫出天傷棒，臉上浮現異紋，絕鋒再現。而今單單是維持天傷棒實體，就已經萬分艱苦了。她能夠支撐的時間不久，如果能夠吸得一些能量，就能夠轉以應敵。

林冲小心以對，天雄矛閃亮絕倫，她得扛起隊長的性命呢。

就在星火倆眼光被惡狼、愛狼所吸引時，懼狼發動攻擊——他的胸口怪異可怖的一凹後，又猛然膨脹，儼然蛙鼓起鳴囊的景象。而後是震天作響的叫聲，音波襲擊，狂放肆虐現場。

懼狼的胸膛異象突生，武松眼角餘光捕捉到，就立即示警林冲：「關掉耳朵！」

平常人可能不解是什麼情況，耳朵如何能關掉呢！唯賜力既能大幅增強五官的靈敏度，也就同樣能夠降低五感，乃至完全封阻，皆非難事。且同一者中也有以聲音攻擊著名的人——樂和的地樂琴一奏鳴，那是真能殺人的音樂，何止轟爛人的聽覺，簡直有魔音穿腦的作用。林冲立即猜到武松話中用意，她毫不躊躇，立刻以賜力截斷聽覺的運作，進入了極致寧靜的境界。

懼狼的音波震裂，也堪稱一絕了，從胸坎喇叭暴起的聲響，宛若橫空打出了一道天雷，轟隆隆炸滾滾，直直貫穿前方，儼如半實體化的巨箭，把塵土植物颳離地面滿天飛不說，路上長滿藤蔓的廢棄車輛，也都被狂風掃得往側邊翻滾，氣勢驚人。懼狼的音襲，縱橫了近一公里，可又苦了後方的星魔部隊士兵，站得稍近一些的，無不被激烈的爆音，弄得耳膜狂震，直入腦中，天暈地眩。

而林冲箭步攔在武松面前，天雄矛運起罡煞九式之六：輪式——發光的矛體，如疾轉的車輪，將暴亂也似的聲波，盡數格擋。懼狼胸口喇叭所發出的音擊，非同小可。若非武松識破懼狼能力，猝不及防下，林冲確實會中招。

懼狼的攻勢一過，空中的惡狼就已撲落，利爪當空罩下，與此同時，愛狼也俯衝而至，那雙機械羽翼驟然抖動，好幾片羽翼脫離機翼本體，等同於箭矢或暗器，勁射林冲。藏在懼狼身後的欲狼，也迅速逼近，八隻蜘蛛腳狂舞，恐怖異常。

天雄絕鋒矛持有者態度平穩，心思都集中在如何破敵，絕無畏縮。

林冲等於是一人獨對三匹狼，神情極其專注，腦中迅速演算著對敵招式，而後出矛——天雄矛先耍了一記罡煞九式之衛式，將惡狼的爪攻，往旁一帶，隨後帶起的是流式，絕鋒像是抖起了一層又一層的賜力波浪，將半空射下鋼羽掃落。

惡狼的反應甚快，被天雄矛卸力帶得墜往地面後，頭下腳上，雙手撐地，機械獸爪彈起，朝林冲的臉面抓去。愛狼身子旋轉，翅膀收攏，再猛張開，銳利的邊緣割向林冲的側身。未有動手的欲狼，這會兒從蜘蛛腳噴出白色蛛線，綑往林冲。

林冲雖多面受敵，但不驚不慌，天雄矛驀然一震，衝擊波射出，愛狼立即選擇升空，避開了震波——他素來小心愛惜自己的機體肉身，絕不願意有任何傷害，可能受傷的近身攻擊，全都會選擇躲過。

惡狼的爪襲同時已臨近，林冲的頭顱看似不保，唯天傷棒從林冲頸後斜勢探出，替林冲扛了一記，同時也吃掉對手的力氣。林冲的矛尖，則指向欲狼射來的八條銀亮的蜘蛛線，企圖截斷之。

惡狼怒嘯，雙掌用力，將自己推高，落向林冲背後的武松，雙腳連環踢出。

武松迅速回身應擊，天傷棒風車也似的轉動，吸吃對方的勁力。

惡狼嘴上浮現獰惡張狂的笑意。他沒有改變動作，只是雙腳如風，越踢越快，快到後來簡直讓人看不清，只是一團模糊的黃影。惡狼的每一腿，都迅猛暴烈無倫，若是平常人，只要中了一腿，無疑會骨碎臟破吧。

武松的天傷棒，對惡狼腿攻的力道多多益善，不過，她總覺得哪裡不太對勁，主要是對方明知天傷能夠吞入所有實際接觸的攻擊能量，怎麼可能主動餵食？很快的，她就察覺到對方的意圖了——

惡狼腿勢快到模糊難辨後，就多了許多虛招，實踢變少，大多是假動作。唯武松卻不能不用天傷棒防禦每一踢，因為只要隨便被踹了一記，即便不是正中，以她而今的狀態，必然會是大傷。賜力輸入眼中，她雖能夠跟上惡狼像不會有力窮之時的腿蹴，但天傷棒的運用需要賜力，對敵人高速動作的應對，身體亦持續耗損賜力，再這樣下去，幾分鐘內就要見底了。情勢真的是大大不妙！

林冲這邊也並不樂觀，原本她的矛波只要發出衝擊，就算是硬度極高的鋼絲，也必然會被震碎，但欲狼的蛛絲卻在接近林冲時，忽爾劇抖，甩成了圈狀，變為繩圈，天雄矛從其中空處穿過，而蛛絲形成的環圈，有好些個將套在林冲手上——

這下可糟糕透頂，欲狼的蛛絲，顯然是專門設計來對付武松的天傷棒，只要不接觸，就沒有能量會被吸收，也就能夠綁住武松雙手，甚至把棒子套住扯走，從而限制住她的怪異能力。而蛛絲攻擊顯然同樣能夠克制林冲的天雄矛，大收奇效。再加上，愛狼凌空放冷箭也似地射落幾片鐵羽，也讓林冲得分神戒備。懼狼可也是在旁虎視眈眈呢，只要胸口喇叭一響，音波衝來，更是不得不防的重擊武器。

每日苦練罡煞九式的林冲，霎時做出優異的反擊——她並沒有後撤一步，畢竟身後是正陷入苦戰的武松，林冲可不能撞上她——先是鬆手，讓天雄矛消隱於虛空中，隨後縮手，逃開蛛絲的束縛，旋即呼喊天雄矛入手，打起輪式，矛身宛如疾轉之輪，將那些圈著圈的蛛絲，盡數推擋在外，緊接著又運開罡煞之環式，矛尖瞬間劃出幾十個圈中圈、環中環，層層疊疊地密布在身前。

兩式並用下，欲狼的蛛絲，不得其門而入，愛狼暗器般鋼鐵羽毛，亦毫無所獲。

另一頭的武松，卻是大大的吃緊。惡狼就是比快，而且虛中有實，實裡藏虛，雙腿無有疲勞可能一逕地猛踢到底，像是可以踹到天荒地老永不休。武松方才一棒傷三狼的壯舉，也讓她後力無以為繼，漸形見拙，天傷絕鋒雖伸長變粗，但她就要撐不住了。武松一咬牙，再不遲疑，兜頭就是一棒打出，以賜力推動棒內的破壞能量，全部湧出，直指惡狼。

惡狼卻倏然猛退，他的反應、腳力都快極了，天傷棒一發動，他就已經到了攻擊範圍外——那團致命性能量不過是颳起平地一道風暴——隨後，他又從兩公尺外彈回來，兩腳硬是重重踏下。

天傷棒消隱。武松已無力維持絕鋒的具象。但她可不束手就斃，就算沒有天傷棒，可她還有一雙機械手臂，即便賜力所剩無多，但她也還有力氣抗敵。武松舉起左臂硬扛那機械雙腿下的鋼銳獸爪，右拳斜斜竄起，準備擂進惡狼腹部。

惡狼歡暢無比的暴嘯道：「把妳從超臺北偷來的鋼鐵之臂留下吧！」他的左腳爪踩在武松左臂上，牢牢抓緊，右腳爪則是按住她的左肩，而後兩腿用力，反方向大開。

激烈刮擦的金屬暴音，在武松左半身響起——

她的手臂，登時硬生生被扯斷了！

武松在失去機械左臂的同時，感覺到接合處的神經血管被猛然裂斷、血液狂瀉之際，右拳仍舊沒有停下，撞上了惡狼的腹肚，將之痛打得倒飛向高空十餘公尺。本在惡狼獸爪掌控裡的武松鋼鐵左臂，因而墜地。

惡狼滿面洋洋得意，用挨了一記鐵拳，換她一條手臂，可真值啊！

尤其是一條蛛絲無聲無息地爬行於地面，乍然暴起，繞過林冲，將武松雙腳綑住，整個拖倒了。原來啊，欲狼的每隻蜘蛛腳，可不只是能射出一條蛛絲，還能絲中藏絲，能將分支散開去。武松一個不察，就中了這記陰招。

始終保持冷靜的林冲，臉色大變，但還沒有到手足失措。她天雄矛一劃，矛往回縮，再往後朝下一個攔截，矛頭充滿賜力，豪光閃現，震斷了那條陰謀詭詐的蜘蛛鋼線，及時止住武松被拖走。

在林冲忙碌救援時，方才所施展的環式也救了她自己一命——幾十個滯空、飽含衝擊波的圈環，形成一面防護網，讓愛狼、欲狼趁隙發出的鋼之羽、鐵之絲線，全都無效化，令得他們暫時無法近身。

林冲未有回頭望，視線仍舊警盯眼前，但急喚著武松：「隊長妳——」

「我沒事。」以右臂撐起身體的武松說，同時以賜力完全封阻左肩斷口大量流出的血液。她臉色徹底的蒼白，離昏厥不遠矣。眼下，僅憑著意志撐住。她眼神苦澀晦暗至極，沒想到今日會挫敗在這裡，還得靠一名新人施以援手護住已身。

自己這個隊長也真是白幹了呢！不過，從另一個方向想，師傅的繼承者真是太出色了，鬥志、戰力和應變全都不缺，真是傑出的同一者啊。武松也不免自嘲的想著，而這不就總算擺脫了少女時期糾纏至今的鋼鐵手臂了嗎？

震波環圈消散後，林冲瞧見了懼狼的胸口，又要再凹陷。她決計不能讓他發出恐怖音擊。林冲左腳往前大跨步，猛踩地，左手前擺，上半身略揚，右手往後拉，而後將發亮的天雄矛，以肉眼難辨之速猛然投擲出去——

這是罡煞九式最後一式：絕式。

短短幾十公尺，幾乎一眨眼，天雄矛就到了。而懼狼的胸之喇叭正要鼓起，他還來不及顯露詫異之色，只見眼神方自恐慌，矛尖業已正中插入。但好在胸口經過機異化改造，足以抵住古老兵器的進襲——

果然，矛尖不過就前端挺入了兩公分左右。懼狼猶在慶幸，但他忘了異矛真正要命的並非兵器本身，而是它能夠射出的無形衝擊波。懼狼感到胸口震動，傳來一連串密集小爆炸，頓時機體有火花噴出，劇痛入侵，他兩眼一翻，往後就倒。

一旦被高度凝聚的天雄矛震擊直接打中，如果是沒有任何防護的人身肉體，必然會被碎裂支解。而若為有各種電子零件的機械，因為金屬的硬度，不會被四分五裂，然卻能夠直接使內在的電路崩解，導致機體停擺。

手中無矛的林冲，此時就像拔去凶牙的野獸，愛狼、欲狼立刻展開攻勢。前者飛落，羽翼開合，如要擁抱一樣的裹向林冲。欲狼也首度推進到距離僅兩、三公尺處，機械蜘蛛腳連綿不絕的噴出蛛線，像是要編織成一個繭，困死林冲。

林冲的顏面異紋浮出，隨後天雄矛再度出現於雙手中，橫放，頭尾擋住鋼鐵羽翼的合攏，且矛頭放出衝擊波。愛狼旋即慘嚎，衝擊波刺入鋼鐵羽翼，將裡頭的機件破壞殆盡，整個人打旋拋飛開去。

最後，武、林二人面前只剩下一名敵人——正對著武、林兩人不斷吐織橢圓鐵絲繭的欲狼。糟糕的是，欲狼正在拉束這個奇怪鋼蛛絲、足足有兩公尺的蛋形大繭，不用多久吧，她們就會陷入動彈不得的窘境。

就在此時，林冲也發覺到自己的賜力，也就要逼向最低點，即將油盡燈枯了。鋼繭眼看已然成體，將她們牢牢困住。林冲立即以天雄矛發出衝擊，但震斷了幾條鐵絲，欲狼又立刻補上。以林冲此刻的賜力，她心知肚明，無法發出足夠份量的衝擊波，一次崩毀所有蜘蛛線，說她們倆這會兒是坐困愁城也不為過啊。然則，林冲眼神依舊堅定，她還在尋思著該如何突破窘境。

驟爾，有道靈光打進林冲的腦裡。

林冲猛地回頭望定面容悽慘的武松：「隊長，妳可以相信我嗎？」

武松深深凝望著林冲。我可以相信妳嗎？當然了，妳是師傅的繼承者啊。而且單單是憑妳方才的表現啊，就足以讓我把這條性命交在妳手上。武松沒有丁點猶豫的點著頭。

「請隊長叫出天傷棒。」林冲說。

武松也不囉嗦，拚著耗光最後一絲賜力，面容異紋閃現，天傷絕鋒入手。

林冲將賜力注入天雄矛，矛身激亮，對著武松。她瞧定武松。

武松對林冲點點頭，示意她直接動手。

林冲沒有那麼確定此舉會招致什麼樣的後果，但如果她們此刻不趕緊突破欲狼佈下的鋼繭，若是敵方後援再加入，那兩人就再也沒有逃出生天的機會。明明離家那麼近，她絕對要帶隊長返回寶藏巖。所以，也只能賭上一把了！

矛尖輕壓在天傷棒上——龐然的震波隨即衝出，逕自貫入了天傷棒。吸收天雄矛衝擊波的天傷棒，霎時間生長到兩公尺之長，粗如大腿，頭尾自然而然地抵住了鋼繭。

武松立即懂得了林冲的用意，這是別開生面的作法，但確實值得一試。榨乾也似的擠出最後的賜力，將天傷棒吃吞的能量，一次吐盡。同時，武松脫口而出：「接下來就全部都交給妳了，林冲，就算是失敗了，都沒有關係，妳做得好。」

這是武松肺腑裡的真心話，絕無半點虛言，即使被星魔軍逮住，即使最後被殺死了，她都無有怨言。一切都交給林冲了。那是徹底的放手，她鬆開了拳頭，像是相信師傅那樣的相信著眼前的十五歲少女——新林冲。

而在她脫力昏迷前，際此死生一線，武松再度不可遏抑地想起那個鳳眼男子——壓抑在心頭深處的身影。她真正渴望的人。但武松很少讓他浮現在心靈裡。因為那並不適當，而且更重要的是，武松無法敞開心房，無法坦率面對自己的柔情。

武松比較常回想跟師傅的種種相處與對話，還有和師傅一起奮戰的記憶，也是特別美好的，像那一次救出單廷珪的行動就是閃閃發亮的，雖然武松因而躺了三個月，但每天老林冲都會來看她，親自照顧，陪她說話，如父似母。

但武松很少放任自己想起潘金蓮。

不過，此時此地，那若有似無的思慕，變為澎湃的巨大潮浪，砸在她胸懷。

欲狼機械蛛腳，持續吐絲編織困繭，他看得出來兩個罪人都接近失去戰鬥力，眼角也看到被赤瞳女轟遠的惡狼，正在縱跳，顯見還能加入圍擊。而後頭還有星魔部隊呢，再不濟還能以士兵人數換取最後的勝利，只要留住她們，星魔軍就贏了。

繭內綻放了強光，簡直像是十幾枚閃光彈一起炸開——欲狼不自覺瞇起眼。

欲狼手中傳來奇異的顫動，而後每一條鋼鐵之絲悉數裂碎，蛛繭也變作齎粉。欲狼見機甚快，從機體腳前端斷離蛛線聯繫，且極速撤後，但仍有兩隻蜘蛛腳受到震盪，火花爆出，瞬間癱瘓，等同廢肢，但狀況不若懼狼被天雄矛命中嚴重。

武、林二人重見天日。武松已然頹倒，林冲立刻蹲下，負起星火隊長。加入寶藏巖後，也許是營養足夠的緣故，一年多的時間，她從一百四十多公分長到了一百六十公分，然則要背起一百七十五公分、手長腳長的武松，著實吃力。

林冲得使勁勾著武松的雙腿，好在有賜力貫體，重量不是問題。林冲令天雄矛消隱，左手再撈起隊長落地的機械左臂，將所有的賜力都投入雙腳，全速奔跑向寶藏湖。同時，她不斷扔出迷霧丸，增加隱蔽性，也爭取時間。

而惡狼、欲狼與百來名星魔軍，則在其後窮追不捨。他們萬萬容不得她們逃脫。

距離寶藏湖僅只幾十公尺了。

林冲跑著，她在心裡對自己大喊，跑啊，快啊！

再快一點，就算跑斷了腳，也要帶著隊長回返啊！

寶藏湖在望，用盡妳所有的力量，拚命跑起來！

林冲，跑啊！

危急之秋，援軍乍到。

有個身影從寶藏湖那兒奔來，一頭白髮在風中狂揚——單廷珪。其他人先將金髮綠眼女孩送回寶藏巖了。單廷珪卻忍耐不住，硬是自己折返，回頭找隊長、林冲來了。而懼狼發出的音波轟擊，讓馳援的單廷珪，總算確定方位，方才衝來。

林冲看見了單廷珪，喜出望外啊，一口氣憋著猛奔的她，不由一窒，當下一個踉蹌，撲滑在地。但她仍舊沒有鬆手，武松還在背上，機械左臂也在手裡。她激烈的喘氣，急忙爬起。

林冲、武松與追兵僅隔二、三十公尺，且惡狼躍起，欲狼吐絲——

單廷珪並不清楚他們的能力，她想也不想，就脫手將地奇瓢往外甩出。拋物線落在武、林與星魔軍之間，還在空中時，地奇瓢便異化，瞬間如水，單廷珪手一揮，一面長與高皆達三公尺的水幕驀地現形，在空中奇異地飄動。

蛛線射在其上，立即溶解，欲狼慌忙停步。

惡狼不敢以身犯險，但停住勢子後，落地，再屈膝一蹲，猛然拔身，斜跳而起，跳了有五公尺高，就要越過水牆。然而，那片水幕彷若自有意志，竟往上飄，又堵住惡狼去路。惡狼恨聲怒嘯，在半空裡腰一扭、轉體變向。怪絕水牆忽然朝惡狼逼近，就要包裹起來。惡狼被逼得手忙腳亂，一閃再閃，強健粗厚的機械雙腿，讓他數度逃過液體的圍擊。

欲狼見有機可趁，哪裡會遲疑，趨前吐絲，目標依舊是武松和林冲。

單廷珪跑得更近了，距離武、林二人五公尺處，紅膚臉面上的圖紋清晰浮映，兩眼溢滿了殺氣，她瞥見了武松昏迷在林冲的背上，心中大怒——誰膽敢傷害隊長，她就要跟他們拚命！

單廷珪手一揚，襲擊惡狼的水，憑空而逝，地奇瓢又再出現在她的手上。跟著，她用地奇瓢裡剎那增生的水，淋在自己身上——瘋狂的現象發生了，她整個人頓時液化了。

這是極端的變異，或者說終極手段。

整個人異化為一團形體飄忽、千變萬化的液狀，這是單廷珪的賜力與絕鋒結合最強大的時刻。唯這樣的變形技藝，無法持久。她最多只能維續幾分鐘，可是也已經足夠了——

後頭，她們的援軍將至。單廷珪沒有選擇以短時間近乎無敵、所有物體都可蝕化的型態去攻伐敵人。單廷珪不願有任何意外，一切都以守護隊長為主要目標，她不想有什麼空隙，造成錯重難返的遺憾。單廷珪硬是拚著折損己身，以朦朧的水影，環繞在武松與林冲身邊，圍成一個小型堡壘也如，或說是半圓形制帳幕，牢牢地護住兩人。

惡狼著地後一縱，趕到前方，但面對比方才水幕還更全面性也更怪誕的籠罩式防護，不知如何著手。欲狼的鐵絲噴個沒完，但只要一遇到那流轉的液態之堡，便全數溶消。但身後有大批星魔軍士兵即將抵達，屆時全面射擊就不信毫無作用。

然則，群狼最後兩名機體戰士此時注意到有異狀，首先是前方湖面上的霧氣，狂亂舞動，朝岸邊湧來。其次是有大水猛然堆起，沖出了湖岸，而且浪峰愈發高聳，再仔細一看，竟有個手腳滿是刺青、棕膚色的長髮纖腰女性，傲然立在浪頂之上。

那可是高達十公尺的巨浪啊！

陷入昏迷之後，武松又夢見了那棵樹，綠得像是在燃燒的樹，這一次它不在虛空中，而是在空地，在武曲星魔大宅裡的那片空地，她少女時期夜半行動時總會經過的空地，像是會有萬千鬼魅、在她心中種滿驚懼的惡地。

孤自一人的武松，這會兒卻能心平氣靜，深深凝望著那棵神聖之樹。

武松的心靈，突如有了奇異的明悟。她想起施老師的話語。過去如同鬼魂。而有些鬼魂是不會過去的。不會真的消散。它一直都在。鬼魂一直都在。去尋找鬼魂。去深深看見鬼魂。去理解鬼魂。不要迴避自己的陰影。永無也與陰影同在。

夢中的武松，也想起了《黑塔》故事裡的主要角色說過的話：「有些事縱使是死去了，也不會安寧，枯骨仍會從地下哭喊呼嚎。」武松就是因為這句話，深深地喜歡上聽說書。每當艱苦鍛鍊後，有空暇就會跑到李鬼的房子裡，聽《黑塔》的後續。甚至在聽過《黑塔》後，偶爾會有一股衝動，想要跟潘金蓮、西門慶學更多的字，也許有可能自己去閱讀那些書上的文字，看看究竟那個被說書師用口舌演繹出來的末日世界，最初最原來的模樣。雖然，武松的閱讀能力還是極其有限。

綠樹裡，有光芒發散著，而黑暗並不被消滅或驅逐，反倒更像是被那些光亮柔軟地包覆住。武松甚且感覺到就連自己內心那些幽暗的角落，也一併被照亮了，有一種極其溫暖的意味。

武松有想要殺死的過去。但是啊，過去卻是殺不死的，它就在自己的裡面，組成了現在，乃至於未來的自己。自己難道是可以殺死的嗎？武松想著，就像機械手臂，已經是自己的一部分，也定義了她的存在。她的視線移向左半身——對了，夢中的左臂是完好的，但醒來以後，它就不會在了吧，武松有著濃濃的遺憾。畢竟，那條左臂跟著自己這麼多年。

年少往事的傷害，就像一頭巨大無形的黑虎，棲息在體內，有時靜默無聲，有時張牙舞爪，無論如何牠都是不滅不散的。武松愈發明白，重要的不是毀滅牠，而是試著跟不會消逝的猛虎，一起在接下來的人生共處——那已經是她的一部分了。

而我有承認自己是怪物的勇氣嗎？我有承認自己是普通人的勇氣嗎？

她一直帶著怒氣。可是師傅的溫柔、寶藏巖的溫暖，包圍著她，逐步消解掉那些潛伏的恨意與殺機。武松知曉，自己已經跟過往相差甚遠了。一點一滴的，有些東西被轉化掉了。還有很多東西比報復更重要。

她曾經是怪物，而現在她拒絕去當一個怪物。她想要更完整的自己。到了寶藏巖，她對做為怪物的過去，執著不放。為什麼呢？理由很簡單，因為她害怕成為普通人，活在平凡的日子裡，享受平常的幸福，那就像是罪惡一樣。

沒有人是真正的怪物。也沒有人不應該過普通生活。

是啊，那些超臺北男性也不是怪物，他們根本不是純粹的邪惡。他們是被製造、培養和教導出來的邪惡。他們被影子控制住了，被邪惡的陰影深深地籠罩了。這才是事實。他們就跟她一樣。只是，武松比較幸運，她有機會擺脫武星女一一九的身分，她幸運得足以有師傅帶隊來救她，並傳授同一者的所有技能、知識，是的，她有無與倫比的機緣，來到寶藏巖，成為其中一員。可是其他人呢？

他們始終沒有任何自覺的可能，陷在地獄，無處可去。

某些天啟似的想法，一來到武松的心中後，她也就緩緩甦醒過來。她一睜開眼睛，就看到了單廷珪和那名金髮女孩。而今業已是星火小隊歷劫歸來的翌日。單廷珪的眼眶都紅了，像是不知道哭過幾回似的。

「隊長！」單廷珪看見武松的意識回復了，無比的雀躍。

一旁的金髮女孩，那雙綠色眼瞳，也流露出真心的喜悅。

「妹妹，可以麻煩妳去喊星火們來嗎？」單廷珪對金髮女孩說。

女孩開心的領命，跑去找星火小隊成員們。

武松以右手將自個兒撐起，坐起來。單廷珪急著要扶她，武松揮揮手表示無妨。視線移到左半身，噫，那條機械手臂又回來了。怎麼回事呢？武松顯得錯愕，莫非那場大戰是夢嗎？

單廷珪立即注意到武松的困惑：「是朱仝的天滿針啊。」

武松立刻明白過來了。如果是身體缺損的傷害，可不是安道全的地靈盆能治癒的傷勢，她只能夠轉移傷病，但肢體斷裂在她的絕鋒能力以外，只有光源小隊的隊長朱仝可以處理——她的絕鋒相當有意思，名為天滿針，具有縫補的特質，任何東西她都可以縫合，包含生理與物體的拼接。武松本也該猜到是朱仝，除了她還有誰能夠讓自己的手臂完好無缺接回呢？

此刻，武松一點都不討厭再次擁有怪異的機械之手。這一次，她再也沒有任何嫌惡感。相反的，她還很樂意見到它好端端地長在自己的左肩下，並確實有這就是自己的手臂啊那樣子融合無間的滋味。

隨後，裴宣、凌振、林冲和楊志、孫二娘等都簇擁進武松的房裡。每個人看起來都由衷的開心，大夥兒也就七嘴八舌的講述了後來的事，包括林冲如何賣命揹著她，單廷珪自己又是如何驚險趕到，乃至於燕青以天巧鍊發動了寶藏湖之水，喚起巨浪，讓湖水繞過單廷珪、林冲與武松，往前淹沒了大片土地，魔圖戰士和星魔士兵這還不被推得東倒西歪，再加上楊志也到了，伸手不見五指的濃霧大起，他們也只得敗陣而去。

瞧著眼前眾人樂開懷的模樣，武松想起老林冲跟她說過的話，那會兒她直白的講：「師傅是我唯一的家人。」老林冲對她笑著，那是多麼慈愛的笑啊，「這是我的幸運。但如果妳願意的話，其他的同一者和寶藏人也都會是妳的家人。」

經歷這次的戰役，武松陡然覺得真有種生死與共、同為一體的感覺。以往星火行動，雖也都是出生入死，但和這一回截然不同，特別是林冲、單廷珪拚死救自己的模樣，讓武松心底的格格不入，煙消雲散。甚至連喪師之痛，似乎都緩解了。

家人，是的，如果我願意的話，她們全部都是我的家人。師傅，我明白了。

武松也想到自己該去認識她的上一代——同一者中最強戰力的天傷棒，至今只傳承了兩代，在武星女一一九成為武松之前，同一者的武松之位已經空了二、三十年之久——前任武松究竟是甚麼樣的人？為何她的心智裡總是若有似無地存在一些奇異如詩的觀點？武松自認為對詩歌沒有興趣。但有時候，突然冒出來的心聲，卻會讓她驚異難忍哩。

另外，武松也想去跟潘金蓮說說話。無論他是否明白、接受她的心意，都無妨，她並不是想要造成他與西門慶的煩惱。她只是想要喜歡一個人，像個普通人，有個思慕的人，想要傾訴，想要表露內在的情感，無須畏懼打開自己，以及挫敗。

我是一個有靈魂的普通人，我有自己的際遇和技藝，我有自己的所愛。

我想，真正重要的是，同一者的心，一代又一代的心，傳承下去。在不同的身體裡，累積著心，讓技藝裡的記憶可以不斷活著，永不滅世。那才是活著的意義。靈魂的延續與推展，比什麼都還要不朽。

是這樣吧，師傅，這就是妳想教導給我的，也是施老師真正想說的吧。

番外篇

潘金蓮與西門慶

潘金蓮與西門慶（一）

巨門三〇二五是一名星魔軍人，下品階級，在整個星魔軍體制裡，是不上不下的位階，但身為男性，總算能有一席之地，每天只要完成該有的訓練，以及做好星圈內的規定防務，也就沒什麼其他的事了，每個月還能淨領五百超幣。

超幣的給付是按等級的，愈是高階的，就拿到愈多金額。在超臺北的消費水準，基本上，一日三餐大概也就是十塊超幣左右。有五百超幣，巨門三〇二五不過是單身漢一個，過得優哉游哉，不虞匱乏。他閒暇之餘喜歡在圈域裡閒晃，因為他所屬的巨門圈是超臺北販賣集散地，有著大量的店鋪攤販，尤其是各種珍奇古物，也就是滅人時代便已存在的物品，舉凡衣鞋配飾、煮食用器具、書籍畫軸、科技產品、珍奇珠寶等等，應有盡有哩。

畢竟呢，整個超臺北簡直物件塚，那麼多空置的屋樓，每一棟、每一戶都有許多古臺北時期的用品，隳壞腐敗的當然是大多數，但還是有些東西被好好的保存著。是以，巨門圈組織了不少支其他圈域所沒有的古物蒐奇隊，可以到超臺北各地搜刮各種物品，前提是不侵犯其他星圈的勢力範圍——也就難免有別的圈域人就會嘲笑巨門人都是清道夫、拾荒者的嘲諷——而後，運回巨門圈，清潔、整理後，再予以販售拍賣。

這可是一門好生意，無須製作，也就沒有原料的問題，只要出一點人力，四處去晃溜，就有財源滾滾。巨門星魔毫無疑問的是十四星魔中極其富有的，其財力與天府星魔相當，聽說哪單單一日他們都可以賺錢十幾萬超幣哩。

巨門三〇二五的興趣是古書，尤其是語言相關的，這是個不太能跟人討論的特殊癖好。在超臺北，文化之類的事物，乏人問津，甚至是備受蔑視的。在強調暴力價值的城市裡，任何軟調性質的喜愛、興趣，都被視為弱者作風。

是故，他只能孤芳自賞、低調進行，每回晃蕩書攤，也都盡可能不引人注目，戴上漁夫帽、墨鏡之類，去逛小攤時，也不能任意優游，總得小心翼翼，仔細有沒有同袍在左近，省得又被拿來當笑柄。即使是作為星魔軍一員，人生還是沒可能完全順遂如意，依然存在個人的問題，而且是幾乎無解的狀態。

天生黑膚的他，魁梧異常，又生了一對虎瞳，看來威猛，真的鬥毆起來，也管得上用場，渾身肌肉可不是賣相佳而已，是確實有殺傷力的。但他有個致命性的特點，就是嗓音輕柔細緻，只要一講話呢，就原形畢露，總會遭受袍澤嘲諷說，像個下等女子一樣。最開始呢，他也就只是臉露苦笑，唯在窮凶極惡的環境，任何退讓的行為都如同在示弱，巨門三〇二五就不得不採取較強硬的應對，只要有人公開嘲弄，二話不說，都是拳頭解決。

為了不被侮辱、欺壓，他更是刻意鍛鍊肉體，練出了精壯狂賁的肌肉，肚腹處扎扎實實的是六塊肌，鐵打的身體，一發怒或廝殺起來，更是猛絕，說他是人形兇器也不為過哩。然而，至今為止他還是停留在下品軍階，也不是沒有理由的。只因，巨門三〇二五的性格是又怕生又軟弱的，實在不喜歡爭執，更別說打架決鬥乃至於作戰了。可惜在軍中，他非得長成虎狼不可，至少表面工夫是做足了，絕對不給人欺負的空間。

語聲天生就細嫩的巨門三〇二五，像個女孩家，他何嘗願意哪，可惜那是半點不由人。再加上，想要跟人和平相處的性格，在超臺北裡更是不合時宜，虧他生得這般虎背熊腰了，簡直白費了啊不是？

潘金蓮與西門慶（二）

在巨門三〇二五的人生中，最決定性的事件，比出生在世上還要更重要，就像天命一樣的，是遇見了巨門三三九二。那是一個午後，在稀疏陣雨裡，他撐著傘，逛遊在路上，沒有任何來由地晃進了信義路二段十七巷。有個文雅的說法叫小雨怡情——這個說法也不知道打哪兒來的，但皮膚黑得發亮的壯漢就藏在心裡，覺得很貼切應景。

有幾個攤位就在巷路裡擺著，架起雨棚，也就是一門生意了。他走走停停，漫不經心。走到了第四家，他的眼睛就亮了一亮，兩個打開的行李箱，隨意就放在地上，但裡頭塞了十幾本書。攤商呢正忙著把箱子拖到騎樓下，避免被雨淋濕。巨門三〇二五的目光一下子就鎖定其中一本，《Small Town》，作者是Lawrence Block，這可是珍本啊！

他怦然心動，恨不得一把搶過來，但他可不敢明目張膽買書，下意識用餘光確定了兩旁的動靜，好像沒有遊客在，且有些賣家正在收拾著攤位，雖然雨勢不大，但超臺北人對雨很是敏感啊，畢竟舉世滅絕後，整個世界滿滿的都是輻射塵，有毒的灰燼，從天而降。所幸有萬劫的赤網，在空中化掉了致命的輻射，超臺北才能守住人類最後的文明之地。

也因此呢，雨中散步這件事，根本上來說就是愚蠢，跟浪漫毫無關係。赤網的確攔截了最教人駭怕的輻射落灰，但天曉得超臺北的雨，還藏著哪些毒素啊，誰也不願意冒險，即便雨具便利，可大多數人都是能免則免。

沒有人在的清冷巷弄，真是千載難逢的機會，巨門三〇二五見獵心喜。他的屋子裡擺有好幾本中英辭典，閒暇時他最愛做的就是拿著英文小說，參照字典，把意思弄懂，樂此不疲呢。

猛大的黑膚漢子，想著也許是自己的血緣的關係吧——雖然他根本不曉得誰是他的父母，這是超臺北的常態，女人只要一懷孕就會被送到太陰圈，統一在該星圈分娩、生育，而後生產完，大概半個月後就會返回各自的圈域。

她們所生的小孩，則全數留在太陰圈集體照顧直到兩歲，再移到紫微圈受基本教育到八歲，當然了會以性別區分，女孩需要的知識、語言能力都是最低的，男孩則當然受到更多的關愛與照顧。最後，再根據生產者所屬的圈籍，分配回去。這些過程，一切都沒有例外，除了星魔的子女，從頭到尾就是在自己的統御大宅分娩，並由太陰圈派出治士居家照護。

然而，由自己的膚色、還有闊嘴等生理特質，巨門三〇二五明白到他是古臺北時所稱的外國人，也就是並非黃膚本地人。像他這樣黑膚的人，以往操用的是英語。他也的確對英語有種難言的親密，自個兒練習時，也總是有如魚得水之感。

唯在黃膚為大宗的超臺北城裡，語言只有一種，就是超語言，也就是書籍中所言古臺北滅人的中文或國語。其他語言，一律禁用。對非超語有所興趣這件事，本身就是很有問題。他可不敢讓任何人曉得。

巨門三〇二五卻無法遏抑地對語言文字有著一份難以制止的熱情。他也說不上來是什麼原因，比起軍中那些爭強鬥勝，他老覺得只停留在紙頁上的詞語，有意思得太多了。尤其是非常著迷以英語著述的書，包括 Lawrence Block 在內，還有 Stephen King、Paul Auster、Raymond Chandler、Issac Asimov 等等，其中還是 Lawrence Block 的小說最吸引他，容易入口易讀啊。

尤其，以一個酗酒的偵探為主角的故事，更是絕妙。這本《Small Town》會不會也是呢？等到攤主忙好了，他伸手拿起書，看了看定價，不過七超幣而已，二話不說就從褲袋裡掏出了錢幣，要遞給攤家。

那小攤的賣家，戴著鴨舌帽，從頭到尾頭都壓得低低的，在巨門三〇二五趨前張看時，也沒有動靜，好像陷落在某種深淵裡。他只覺得搞不好對方是在打瞌睡呢，雖然也未免太快了吧，剛剛不還在整理箱書嗎？不過，巨門三〇二五沒有費心思多想，他只想趕緊把書拿走，整個人正栽進覓得奇寶的狂熱中。但緊接著的一幕，卻讓自己的一輩子，從此有了天翻地覆的變化。

那攤販接過付款，抬起頭，帽簷下的視線正對巨門三〇二五。

他們也就互看了一眼。

對方的鳳眼，那柔媚的眼神，欲語還休，充滿艷麗魅力，令得巨門三〇二五的心臟瞬間狂跳起來，比方才發現 Lawrence Block 的書籍，還要激烈十幾倍呢，臉頰也燒燙著，口乾舌燥啊！

對巨門三〇二五來說，像是天長地久的一眼，沒有終結，只有無止境的起點。

永恆的此時此刻。

潘金蓮與西門慶（三）

巨門三二九二是一個非常普通的中等人，說他普通也不對，因為他非常的怎麼說呢，嬌媚，是的，一名擁有花容月貌的男性——這件事本身在超臺北相當突兀。畢竟，在陽剛至高的原則下，陰柔是可恥的。但他生來如此，從小啊就是肌膚如雪、五官精緻、絕美難擋，經常被當成女孩看，巨門三二九二也因此遭受了不可計數的騷擾與輕蔑，從未歇止。

有權勢的，比如紫微圈那些名為教師的男人，便有一、兩個會在無人時對他上下其手。他還年幼時，自然是把他們視為天大地大的尊貴之人，無不聽從。要到長大成人後，他才曉得那叫做孌童。對男童有染指興趣的，相對稀少，畢竟超臺北政府否定同性之間有任何形式的情愛。那些教師也只能偷偷摸摸、不聲不張的遂行慾望。再加上，男孩將來有可能是各圈域的星魔軍戰力，十四星魔總會派員視察、監督，紫微圈的軍力並不強盛，專門指導男孩的教師們也就必須收斂。

但女孩們可就沒有這般幸運了，由於女孩是下等人，視為勞動力，各星圈也沒那麼在乎，只要不是大量無故傷損。所以，豢養女孩的風氣，十分普遍。作風比較殘酷的教師，班內的每一個女孩都被褻玩過，還會四處宣揚自個兒是處女終結者，也有會將頸圈套在女孩的頸間，以繩子繫綁，當狗一樣的驅使。至於痛打凌虐種種行止，那是再慣常不過，總有女孩來不及長大就死於非命，無人聞問。超臺北啊，充斥著種種慘無人道的事物。

俊美如他，很是坎坷。不過，相比女孩們的境遇，身為男孩的他，再慘也不過是某些暗夜或角落被人盯上，臀間留下那濃稠可厭的液體，終究並不致命。那些行徑都令人心驚膽戰，但卻不敢明目張膽。

此外，同儕間的欺侮也讓他的成長過程，充滿痛苦，總是要被嘲笑、羞辱和圍毆，是他的日常便飯。孤立無援的巨門三二九二，也就養成了時時警戒、不輕信人的心性，懂得保護自己，真要拚搏起來，完全就是緊咬不放的類型。

即便女孩只會被當作下等人對待，唯巨門三二九二欺瞞不了自己——我就是個女人。他真覺得自己長錯了，身體長錯了，他的裡面完全就是個女性，喜歡漂亮的衣物，喜歡在臉上塗抹打扮，喜歡留長髮、綁馬尾、繫髮帶，喜歡隆起的乳房，喜歡凹凸玲瓏有緻的體態。而對外突的喉結、因為慾望伸長硬脹的陽具，都讓他非常厭惡。他就像是被關在完全錯誤的肉體裡。

他對超臺北逞兇鬥狠的風氣，身心都感到極致的不適應，雖然，他拚命起來就像一頭瘋狗。但他更喜歡靜態的事物，比如文字，讀著那些書上的詞語，讓它們在自己的腦中栩栩如真，真是絕對的享受。

他也喜歡蒐集滅人時期的各種筆，鋼筆、毛筆、鉛筆等等，在各種紙頁上，憐愛無比的寫字，如黑色血漬滴落。他在小小的斗室裡，盡力收藏許多紙筆，每天都書寫著，感受那種說不上來、像是在創造什麼的奇異快感。

同時，他也積極參與了古物蒐奇隊，尤其是進擊各地圖書館的行動，未有一次放過。要知道在舉世絕滅之前，滅人們就已經逐漸在捨棄書籍，一切都電子化。書籍的概念從實體轉向虛擬。但這也讓書籍的價格大幅提升，因為就具有收藏的價值。實體書籍的出版，往往採取珍品的路線。而更早些的書籍，就像古董一樣，往往落入公家單位或私人館藏裡。

而如巨門三二九二的人，在這個世界並不多，所以要組織起書籍蒐奇隊，相對來說是困難的，偶有成行也是零星四、五人。一個人去，也不是不行，但終究有風險，畢竟腐朽總是暗暗侵襲那些廢墟也似的建物，無論是爛壞的地板或樓梯，乃至於爬滿各個空間的藤蔓植物花草，還有某些隱藏毒素的昆蟲，都可能會造成無以彌補的傷害，搬運上也是個大麻煩哪。

一想起過去有段時期，天同圈可真是暴殄天物啊，將圈內的所有書籍，全都打成了紙漿原料，再造為衛生紙——巨門三二九二就分外難以接受。猶幸後來天機圈樹木種植、砍伐的事業，日益昌盛，這才解決了此一現象。

而巨門三二九二與巨門三〇二五的視線碰上之際，當下，就像是一種真真切切的撞擊，還噴出了火花。他在那個眼神裡看見彷彿魂飛天外、神遊洪荒的悸動。他自然很習慣別人看他時帶著驚豔感，但通常是野獸般的衝動，恨不得將之一口吞噬。可眼前這人，不但要買一本英文書，而且目光蘊含的是無與倫比的柔軟，有著深沉的情感。

潘金蓮與西門慶（四）

後來的故事，其實很簡單——看對眼的兩人，越來越無法壓制對彼此的渴望，想要身體與心靈徹底的凝合，想要日日夜夜伴隨著，而不只是顧客和攤主的關係，不只是閒暇時偷偷摸摸的相會。他們不想要遮遮掩掩，想要進入光天化日。

於是乎，逃離超臺北的念頭，也就漸漸在他們的心中成形了。

相比巨門三〇二五的優柔寡斷，鳳眼白膚的巨門三二九二，更有魄力，就像他低沉有力的嗓音。他們就像兩種極端，一個極其粗壯黝黑，一個卻白皙纖細，一個陽剛，一個陰柔。而且語音、性情也剛好相反，與外在形貌顛倒，巨門三〇二五內在是很躊躇難定的，許多事都沒有主見，隨波逐浪，巨門三二九二則是積極主動的，甚至是十分強悍。縱然相異處如此之多，但志趣相同，喜歡閱讀、文字這件事，就足以讓他們天雷勾動地火了。

一旦心中有了決定，行事俐落果斷的巨門三二九二，就開始尋思能夠往哪兒去，而他聽說過南方有一個地方，匿藏著犯罪份子，名為寶藏巖，那是一座無電的荒野孤島。重要的是，那兒有男性戀侶的傳聞。也因此，在超臺北這邊就更認定寶藏巖是落後下流的區域，否則怎麼會容許男人之間有任何可鄙低劣的情愫呢。但對巨門三二九二來說，寶藏巖卻是唯一的希望之地。

巨門三二九二也就規劃起路線，暗自準備刀械，設想往寶藏巖途中的各種凶險。而巨門三〇二五一切任憑巨門三二九二決斷，不管要去哪裡，他都奉陪，就算被星魔軍發現了，必須處刑，他也無怨無悔。

在某個大雨之日，兩名男性揹著後背包，往南走去，一路保持遊樂也似的態度，沒有引起任何懷疑與探查，整趟旅程居然簡簡單單輕輕鬆鬆，就走到了湖邊，那個迷霧之境、怪奇之地。

他們倆到了岸邊不消多久，就有艘輕舟在濃霧裡靠岸，上頭僅有一人，那是一名棕膚長髮女性，手腳上居然有刺青。從巨門星圈而來的兩男子，還嘖嘖稱奇呢，後頭更是匪夷所思了，那舟啊居然不用槳划，就會自動在湖面滑行，彷彿浪會推著舟艇往前進。但它明明就是木製小船，根本不是自動機械之物。不過，接下來還有無數難以思議，在寶藏巖等著他們呢，譬如寶藏巖的守護隊是全為女性的同一者，還有這裡的職業全都是住民自行決定等等。

當他們被送到了湖邊，走到寶藏巖的岸上，生平第一次目睹了貓——活生生的貓。而且不是一隻，是一群，好幾十隻啊。超臺北可是沒有動物，昆蟲螞蟻蟑螂一樣不缺，但動物呢，全都被捉來宰食。早期，就連老鼠也都是美味的肉類來源。後來，天梁圈的農業畜牧發達了，慢慢能夠供應各種雞鴨豬魚牛以後，才免去對動物肉來者不拒的風潮。然而，據說過去古臺北隨處可見的貓狗，從此一去不復返了，幾乎沒人見過。

他們倆完全沒料到寶藏巖居然有數量之多的貓。日後，他們也會眼界全開的發現，原來這裡有著各種珍禽異獸，在皇甫端地獸鈴的呼喚下，城市裡尚且倖存的動物都會跋涉到寶藏巖，猛獵小隊也會協助將牠們帶回來。

那群貓在巨門三二九二、巨門三〇二五身邊溜達，但並不靠近磨蹭，就只是圍繞著，彷彿正默然觀察著他們。其中有一隻貓特別不一樣，是橘背白腹貓，額頭處有著類似M的條紋，而且行走或站立的姿態，都堪稱壯闊——那睥睨的眼神也像是會透視人心，直直穿透他們。他們一方面覺得貓兒們當真可愛絕頂，但另一方面也不知該如何是好，畢竟由小到大從未親眼見過貓咪，只有聽過或在書中讀到。

然後，那頭橘貓的目光底，閃現某種認可的意味，甚至點了點頭，還撇了撇嘴，掉頭離開湖邊，貓群也全都跟在牠後頭——牠們走路的樣子，比如雙腳的輕巧挪移，以及屁股的扭動，都教人心生喜悅呢。

沒多久，就有兩名黃膚色女子來到，一個是穿著鮮紅衣裳、身形婀娜的美人，另一個是左臉額頭到面頰長著一大塊青斑的瘦高女子。她們是孫二娘、楊志，兩人隸屬的疾舟小隊，負責載送與接引，而剛剛送巨門三二九二、巨門三〇二五過湖的是燕青，則是疾舟小隊隊長。孫二娘、楊志為他們粗略介紹了寶藏巖的生活樣貌，並帶他們走走看看，安排了房子，且給了他們一張紙，上頭列著幾十個名字。

孫二娘說：「這是施老師取的姓名，如果妳們有喜歡的，就挑走吧。」

「我們的名字？」巨門三〇二五難能置信。

「所有寶藏人都擁有自己的名字。」孫二娘微笑道。

楊志補充：「如果沒有中意的，還有別的可以挑，或者妳們也可以自個兒命名。」

兩人雖然喜愛文字與書籍，但哪裡曉得該如何取姓名。來到寶藏巖的他們，有種自己是新生兒的感覺，彷彿這才是他們看到世界的第一眼。一切都是嶄新而未知、充滿許多可能。他們最後在紙上挑選了兩個緊鄰的姓名——

巨門三二九二成為潘金蓮，巨門三〇二五則是西門慶。三個月後，他們也為自己創造了職業，前者是用字師，後者是怪語師。兩人有著更多的書籍可以參考，也就能邊學邊教，且入境隨俗說超語是常語，而英語呢也跟寶藏人一致稱為怪語。

真要說起來，身為男性的他們，抵達寶藏巖的經歷，簡直平淡無奇，就像是遊覽一樣，毫無驚險之處，跟同一者那些動輒殺進殺出的慘烈，完全沒得比較。然則，潘金蓮與西門慶卻覺得生命像是遇上了奇蹟一樣。

這裡才是生活，才是愛情的真正開始。

他們的第一次歡好，也是直到寶藏巖後才成真的，而那是不可為外人道的後話了。

（第二部　完）

後記：第三時期的我

現在是，二〇二一年七月初，台灣進入疫情三級警戒已經兩個月了。當隔離成為日常，一切都變得緩慢。在幾乎不外出，接案工作變少的情況下，多了很多時間閱讀和寫作，似乎是好事。但另外一方面，生活的焦慮感也縈繞不去。每天的生計問題，輕如幽靈般徘徊在左近。身為一個全職書寫者，這是無可避免的困境，總是不得不憂心於下一筆收入。

處身於如是艱難情況中，《超能水滸》系列寫作日復一日的累積著，出奇的順暢，或許是因為末日感濃重的緣故吧。寫《超能水滸》第一部的開頭在二〇二〇年，但真正認真創作，是二〇二一年初的事了，兩個月內把它寫完，四月寫了《超能水滸：武松傳》前幾回，五月才正式地進行，七月初寫完，緊接著第三部近期內也準備開筆。

與其說《超能水滸》是系列作，不如講它採用的是一種巨篇小說的結構，每一部都是一輯，每一輯有七、八萬字，就像《劍如時光》、《在地獄》、《七大寇紀事》等等作品裡每個主角都有自己的故事一樣，只是《超能水滸》區分為多部曲形制，分集上市，完全是人物列傳式的寫法。而且，每一部也都有各自的主題，然後螺旋也如的、編織成一個更完整巨大的母題。

創作與時光的關係十分神祕。一九九九年出版《孤獨人》，到二〇〇三年之間，出版了三十二本小說，隨後的幾年整個精神狀態都陷入極深的幽暗低谷之中，不得拔身。二〇〇九年我寫下《誰是虛空（王）》，至二〇一九年為止，每一年都至少完成一部長篇武俠，當然了這一年也出版了我自認是代表作的《劍如時光》，第二個十年，好像也對自己在武俠之路上堅持了這麼久，總算有一個對得起自己的交代了。

我將一九九九到二〇〇九的十年，視為自己創作的第一時期，在這個階段哩，我就像前輩們一樣，總是開長篇系列作的模式，主要是【孤獨人】、【天涯】、【魔幻江湖絕異誌】、【兵武大小說】四個系列，而真正勉強算是寫完的僅只【魔幻江湖絕異誌】，這斷尾的不良習性，當然也跟多數的武俠作家一樣。而第二時期是二〇〇九至二〇一九，基本上每一部長篇就是一完整主題的寫法，即便有【大虛空記】五部曲，但它們都是獨立的，連結性並不高，只是共享宇宙觀的程度罷了，更不用說獨立作的《在地獄》、《劍如時光》。

而如果將第一時期的系列作，與第二時期的單部完結風格，併結起來，也許就是接下來第三個十年，我可以努力的方向。那麼，《超能水滸》不妨視為創作第三時期的起點，既是一個超長篇系列，但同時又是每一卷獨立發展與完結。

另一方面，《超能水滸》比較明顯的變化是敘事風格的調整，盡可能平順讓故事和人物走下去，不以文字技藝露鋒芒，搶去他們的風采，而是專心於角色和世界的互動。

認真說起來，有一些我非常喜歡的導演，譬如美國的馬丁·史柯西斯

（Martin Scorsese），和法國的法蘭索瓦．歐容（François Ozon），早期他們的電影何其的詩意難擋，每一個鏡頭都可以分剖下來讀，如詩似畫，美麗絕倫又深意無比，但到了中後期的作品，那種詩意漫漶的感覺都消逝了，變得清冷變得更現實，或者說更無技藝，彷彿他們更在意的不是每單格鏡頭裡的設計與概念呈現，而是念茲在茲於是否能夠確實逼近整個主題的演繹詮釋，甚至更講究故事的核心與敘事的流暢。我對他們後來的電影仍舊喜歡，但總覺得少了一點教人著迷的詩意再現。

寫出《劍如時光》，我意識到自己真是把文字的技藝、結構的造成、主題的能量都鎔鑄成一體，彷彿我親手做出了一把寰宇神鋒，那真是的一種極限的體驗，是我截至目前為止所能寫出的最好的小說。唐諾在《閱讀的故事》這麼寫：「……如果小說書寫如巴赫金所說是雜語的，無法只停留在自己靈魂和肉體的單一聲音之中，你得學著世故，站到他者的位置，穿透一個一個不同的人心，以及同情……」我稍微托大一點的想著，《劍如時光》在某種程度上確實也做到類似的事，穿透了他者，穿透了各種不同的人心。

《超能水滸》在文字的表現、結構的新奇、主題的突破上，得坦白說，不是走在創作荒野上開天闢地的大挑戰、完成式。實際上，它無疑是更通俗的語言，走在流暢的單線敘事上，就像前述我真心喜愛的導演們後來撇除了華麗如鬼神臨降的鏡頭調度，轉身變為電影語言的基本描述，著重人生的本質展現。

兩種路徑，兩種法門。

自二〇〇九年以來，我的心思總是放在文學技藝的面向上，原本《超能水滸》系列於我來說，更像是在練筆，將《劍如時光》時損耗過度的書寫能力，一點一滴地撿拾、修復回來。但如今寫到了《超能水滸：武松傳》，卻實實在在有一種興奮感，彷彿有個未知的、嶄新的可能性世界，在前頭等我——我得去把那些可能都具象化，用文字實踐出來。

現階段還不能斷言究竟《超能水滸》會有多少部，這不是我一個人就可以決定的事。既然是系列作，就得面臨市場的考驗，我只能盡力而為。而如果順利的話，或許就能夠逼近，乃至於完成我第三時期的小說風貌吧。

國家圖書館出版品預行編目（CIP）資料

超能水滸：武松傳 / 沈默著 . -- 初版 . -- 新北市：
斑馬線出版社 , 2023.07
面；　公分

ISBN 978-626-96854-6-2（平裝）

863.57　　　　　　　　112009523

超能水滸：武松傳

作　　者：沈　默
總 編 輯：施榮華
封面設計：吳傳道

發 行 人：張仰賢
社　　長：許　赫
副 社 長：龍　青
出 版 者：斑馬線文庫有限公司
法律顧問：林仟雯律師

贊助單位：TAIPEI 台北市文化局 DEPARTMENT OF CULTURAL AFFAIRS TAIPEI CITY GOVERNMENT

斑馬線文庫
通訊地址：234 新北市永和區民光街 20 巷 7 號 1 樓
連絡電話：0922542983

製版印刷：龍虎電腦排版股份有限公司
出版日期：2023 年 7 月
I S B N：978-626-96854-6-2
定　　價：320 元